小学館文庫

死神の初恋

永久(とわ)の命、それぞれの愛

朝比奈希夜

小学館

目次

払われた手

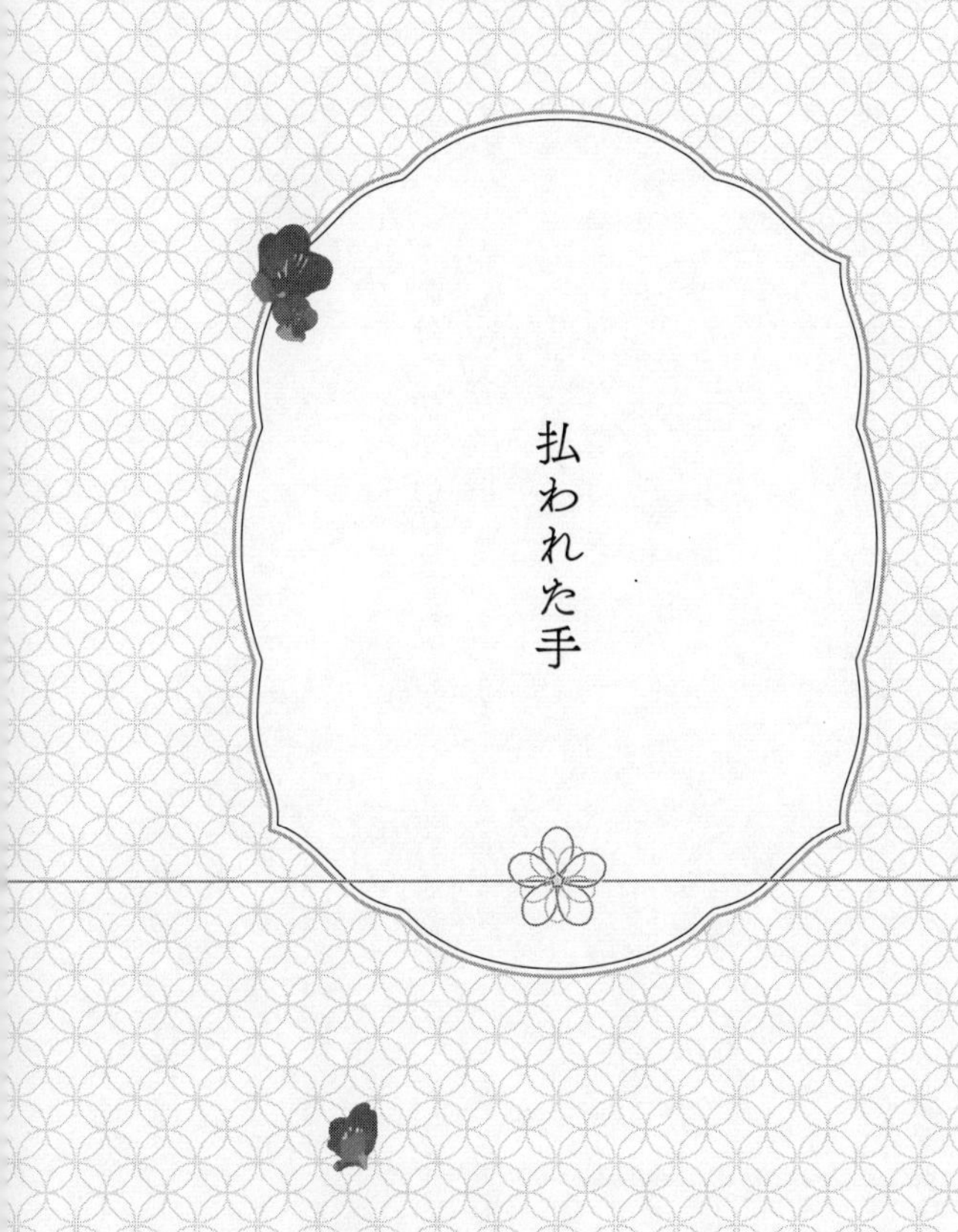

千鶴（ちづる）が小石川（こいしかわ）の流行風邪（はやりかぜ）を抑えるために生贄（いけにえ）の花嫁となり、死神、八雲（やくも）の屋敷にやってきてからもうすぐ一年が経（た）つ。庭の梅の花がつぼみを膨らませ、今にも弾（はじ）けそうになっている。

天気のいい今朝は空気が冷たい。洗濯にいそしむ千鶴は、冷えた手に息を吹きかけて温めた。しかし空気が乾燥しているからか空が澄んでいて、思わず深呼吸したくなる。

「千鶴さまぁ」

八雲の浴衣を干していると、わけあってここで育てられている一之助（いちのすけ）の困り声が縁側から聞こえてきた。

「どうしたの？」

「帯が結べないの」

草履を脱いで縁側に上がった千鶴は、昨日はするする結んでいたわよ？　とは指摘せず「はいはい」と言いながら帯を結んでやる。甘えん坊の一之助を自分の子のように愛（いつく）しんでいるのだ。

八雲の従者であり死神見習いの浅彦（あさひこ）に、「過保護すぎますよ」としばしば注意されるものの、一之助がこうして甘えてくるのは寂しいときだと知っているので手をかけたくなる。

亡くなった母の夢でも見たのかもしれない。

「一之助くん、お洗濯が終わったら一緒に遊ぼうか」

「うん！」

千鶴に抱きつき喜びをあらわにする一之助に温かな眼差（まなざ）しを送っているのは八雲だ。

歩み寄ってきた八雲は、一之助の頭を大きな手でそっと撫（な）でた。

「千鶴、あとは浅彦にやらせる。一之助と遊んでやってくれ」

「承知しました」

人間の一之助をかわいがる八雲は、本当の父親のよう。しかし千鶴と同様、少し過保護ではある。八雲は千鶴たちのように一之助と戯れて大笑いするようなことはないが、一之助の成長を誰よりも微笑（ほほえ）ましく思っているはずだ。

「浅彦」

浅彦を呼んだ八雲は、再び千鶴に視線を合わせる。

「あまり体を冷やすな」

「このくらい平気です」

奉公していた三条（さんじょう）の家でこき使われていたのを知っている八雲の配慮は、千鶴にはありがたすぎて笑みがこぼれた。

死神の怒りを鎮めるために生贄の花嫁となったはずの千鶴だったが、これほど穏やかに、そして幸せを感じながら暮らしているのが信じられない。

「しかし、鼻も頬も赤いぞ」

八雲は千鶴の頬にそっと触れて漏らす。

千鶴の心臓はこうして触れられるだけで大きく跳ねるが、照れくさくて八雲には知られまいとなんでもないふりをする。

「ですから、平気ですって。さ、一之助くん、なにしようか」

「めんこがいい！　浅彦さまには負けちゃうから」

負けず嫌いの一之助は、めんこ勝負には負けてばかりの千鶴と対戦するのが楽しみなのだ。

一之助と手をつないだ千鶴は、もう一度八雲と視線を絡ませてから奥の座敷へと向かった。

死神の八雲と見習いの浅彦は、死の時刻と死因が書かれた死者台帳に則（のっと）り、しばしば死者の魂を黄泉（よみ）に送るための儀式に出かける。目立たぬよう宵の口から深夜にかけての仕事が多いが、死者が重なるとそれだけでは対処できずに昼間に出かけるときもある。

とはいえ、千鶴が死神の屋敷に来るきっかけとなった小石川周辺の流行風邪が収まってからは、さほど忙しくはしていない。

月凍る今晩。黄泉に旅立つのはひとりだと聞いていたが、八雲たちはなかなか戻ってこない。千鶴は布団の中で気を揉(も)んでいた。

「帰ってきた」

儀式があろうとも眠っているように言いつけられている千鶴だが、八雲の足音を耳が捉える。羽織をさっと纏(まと)って玄関に行き、正座してふたりを出迎えた。

「おかえりなさ……八雲さま！」

夜中だというのに大きな声が出てしまい、千鶴は慌てて手で口を押さえた。気をつけなければ一之助が起きてしまう。

「どうされたのですか？」

千鶴の視線は、端整な顔立ちの八雲の額から離れなくなった。青黒くなったそこから、血が染み出しているのだ。

立ち上がり額に手を伸ばすと、八雲はその手を払いのけて眉尻を上げる。千鶴は叩(はた)かれた右手を反射的に左手で握り、目を見開いた。

「え……」

「私に触れるな」

「も、申し訳ありません」

八雲と夫婦の契りを交わしてから約一年。特に生活が変わったわけではないが、それなりに心は通わせられたと感じていた。それなのに、傷を心配した手を拒否されるとは。

死神という存在は人間からすればおどろおどろしい存在だが、八雲は穏やかな性格をしていると千鶴は思っていた。しかし、このような冷たい態度をとられてうろたえる。

なかなか帰ってこなかった今晩、死者との間でなにかあったのだろうか。

死に際に自分本位なあさましい姿をさらす人を何度も目の当たりにしてきた八雲は、そもそも人間という存在を好ましく思っていなかったようだ。けれど、すべての者がそうではないと思いなおした彼と心を通わせ合ったはずなのに、また振り出しに戻ってしまったかのような冷めた視線と険しい表情に、千鶴は黙るしかなくなった。

八雲は千鶴を一瞥(いちべつ)し、表情ひとつ変えない。一之助の頭を撫でた彼とは別人のようで、初めて出会った日『死にたいのか？』とすごまれた瞬間を思い出し、かすかに指先が震える。

身近に感じていた八雲の存在が一気に遠くなり、動揺を隠せない。

死者が黄泉に旅立てるよう額に印をつけるのが死神の役割。その印がないと魂は輪廻(りんね)できなくなり悪霊になる。黄泉に行けず悪霊となった魂は人間の世をさまよい、悪事を働くという。死神がいなければ、街には悪霊があふれ、荒れ果てて廃れてしまうのだ。

その役割を自分なりに理解し、八雲とともに生きていくと決めた千鶴だったが、突然壁を作られてしまったようで衝撃が走った。

自分は八雲を理解したつもりになっていただけなのではないだろうか。日々の生活が楽しいからといって、八雲もそう思っているとは限らない。そもそも人間と死神という、本来交わるはずのない者同士なのに、打ち解けられたなんて甘かったのかもしれない。

一旦不安に陥ると、気持ちが転げ落ちていく。

「千鶴さま、八雲さまの手当ては私がいたします」

緊張しながら瞬(まばた)きを繰り返していると、一緒に戻ってきた浅彦が空気を読んで口を挟んだ。しかしその浅彦もまた、なぜか冴(さ)えない表情をしていて引っかかる。

「……わかりました。お願いします」

千鶴はそれ以降口を閉ざし、ふたりの背中を見送った。

東の空に太陽が昇った頃、眠れぬ夜を過ごした千鶴は台所に向かった。このくらいの時間になるといつもなら浅彦も顔を出すのに、屋敷は静まり返ったままで物音ひとつしない。

八雲の怪我は本当に大丈夫なのだろうか。

そもそもなぜ血を流すほどの怪我を負ったのかもわからず、かといって冷たく突き放された千鶴には八雲の部屋を訪ねる度胸もない。仕方なく一之助の好きな芋粥を作り始める。

「私が妻では不足なんだろうな」

思わず弱音を漏らしたのは、八雲の伴侶として死神の役割を理解して寄り添いたいと考えていたのに、やはり死神と人間との間には相容れないなにかがあるのかもしれないと感じたからだ。

『私に触れるな』と語気を強めた八雲の険しい表情が、頭にこびりついて離れない。

死を宣告された人間が、隠していた本性をむき出しにして暴言を吐いたり、あらかじめ決まっている寿命だとは知らずに取り乱し、当たり散らしたりする姿に対面した八雲が、以前のように心を凍らせてしまった可能性もある。あの額の傷も、死期を突きつけられて抗った人間がつけたのだろう。

だとしたら、人間である自分や一之助がこの屋敷にいるのは目障りなのかもしれない。

昨晩の八雲の凍りつくような表情を思い出した千鶴は、八雲と浅彦がみずから連れてきた一之助はまだしも、無理やり押しかけてきた自分はどうしたらいいのかと考えあぐねていた。

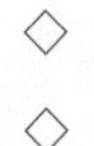

その晩の対象者は、齢(よわい)二十三の若い女だった。台帳に浮かんだ死の原因は失血死。八雲は台帳を覗(のぞ)き込んで怪訝(けげん)な表情を浮かべる浅彦と顔を見合わせ、ただごとではないのだろうなと覚悟していた。

寒い時季は空気が乾いていて塵(ちり)が舞っていないせいで、月がよりくっきりと見える。月明かりに照らされたふたりは、一直線に小石川のはずれに住む女のもとに向かった。

建付けの悪い戸を手で開けて家屋に足を踏み入れると、なんとも言えない生臭いにおいが漂ってきて浅彦の眉根が寄る。そのにおいの正体がなんなのか、八雲はすぐに見当がついた。これは血だ。

刺されたのか？

失血死という死因はわかっているが、失血死するほどの怪我を負った原因は台帳ではわからない。

「八雲さま」

小声で浅彦が呼ぶので視線を向けると、土間に点々と血が滴った痕が残っていた。

これは、外で刺されて家にたどり着いたのだろうな。

刺した相手が誰なのかは知る由もないが、女が旅立つ朝方までにできるだけ無念の想(おも)いを吐き出せるようにしたいと八雲は考えていた。この世への執着心や未練を抱えたまま黄泉に向かうと、次に生を受けるまでの時間が長くなるからだ。

ただ、口が利ける状態であればの話だが。

瀕死(ひんし)の状態で倒れていると予測して血の痕跡が残る障子を八雲が開くと、なんと女が畳に正座している。予想外の展開に驚いて声をなくした八雲たちに気づいた女は、ふたりをギロリとにらんだ。

その手と着物は血で染まり、尋常ではない。色白の女はこれが鬼の形相というものだというような殺気立った表情をしており、目が血走っている。

とても死期間近には見えなかった。

すさまじい量の血で着物が濡(ぬ)れているのに、それほど失血した本人だとは思えない。なにせ、突然現れた八雲たちを警戒してにらみつけるだけの余裕があるのだから。

「警察？」

女は声を震わせ、腰を浮かす。

警察を警戒しているということは、この女は被害者ではなく加害者なのか？

八雲はとっさに考えたが、女の死期は間違いなく朝日が昇る少し前だ。

「いや。私は死神。あなたに黄泉への印をつけさせていただく」

女は八雲から視線を外して唇を噛み動揺を見せたが、それも一瞬。すぐに頬を緩めた。

「あははは。死神だって？　そうやって私を脅したって、金なんて一文たりとも出てこないよ。全部徳治さんのために使っちまったからね」

どうやら死神だと嘘をついていると思われているようだ。

事故などの突然死の場合、本人が死を意識していないとこうした反応になることが多いが、あの大量の血はなんなのだろうと八雲はずっと考えている。

着物に飛び散った血は、衰弱する様子もない彼女のものではなさそうだ。とすれば、その徳治という男を身ぐるみはがされた恨みで殺し、これから自分も死ぬつもりなのかもしれない。

しかし徳治という名は台帳には記されておらず、死期を迎えるのはこの女だけだ。

徳治は助かり、この女だけが逝くのだろうか。

なんにせよ痴情のもつれであるのは確定だ。

「そういえば、死に際に死神さまが枕もとに立つって噂だよねぇ。でも、来るところを間違えたんじゃないの？　死ぬのはおていさんだ」

死神というのが虚言だと思っているらしい女は、ふんと鼻で笑った。

八雲は再び台帳を思い浮かべたが、ていという名に心当たりはない。

「なぜていが旅立つと思ったのだ」

尋ねると、女は視線をそむけて「さぁ」と濁す。

「着物についたその血は、ていのものだな」

八雲は女が手を下したのは徳治ではなく、ていなのだろうと推測した。八雲に問われた女は、口を真一文字に結んで微動だにしない。

「ていは旅立たない。逝くのはあなただ」

「はっ？　どうして私が……。警察？　警察に捕まってまさか死罪……」

『逝くのはあなた』とはっきり宣言された女は、顔をしかめる。

「そんなに先の話ではない。だからこうして印をつけに来たのだ。あなたの魂が迷わず黄泉に行けるように」

八雲が女に近づいていくと、ふるふると首を横に振り始めた。

「なんの冗談よ。帰って！」

「帰るわけにはいかない。印を受け入れなければ黄泉には行けぬ」

八雲が告げると、女の顔がみるみるうちに青ざめていく。

「おていさんの呪い？」

「彼女は生きている。あなたが旅立つのだ」

この血の量からして、ていは生きてはいれどもこの先の人生は今まで通りとはいかないのだろうな。八雲はそう考えながら、もう一度告げる。

「どうしておていさんじゃなくて私なの？　私は死なないわ。徳治さんと幸せになるの！」

徳治の妻、もしくは恋人に手をかけて、自分がその椅子に座ろうとしているのだと察した八雲は、一瞬浅彦の様子をうかがった。

やはり、顔が険しい。

浅彦はこうした男女の色恋沙汰のもつれが苦手なのだ。いや、苦手という言葉では片づけられない。おそらく、はらわたが煮えくり返っているはずだ。

浅彦が心配だが、今は目の前の女だ。

どれだけ死なないと叫んでもあと数時間の命。台帳の死の期限は誰にも変えられない。無論、八雲にも。

「残念だが、あなたにそのような未来はない。他人を傷つけて幸せを得ようとすべきではない」

「来ないで」

近づく八雲が恐ろしいのか、女は這うようにあとずさり、近くにあった物をつかんで手あたり次第投げつける。鉄瓶の蓋が体に当たったものの、八雲は平然としていた。このような反応は日常茶飯事だからだ。

「な、なんなのよ！　あなた誰？」

「死神だと言ったはずだ。なにか胸に思うところがあるのなら私が聞こう。しかし印は受け入れてもらう」

「なんの冗談よ。徳治さん……。徳治……」

腰が抜けそうな様子の女は、何度も徳治の名を呼ぶ。逃げようとして敷居につまずき手をついたが、振り返ることなく足袋のまま家を飛び出していった。

「浅彦、行くぞ」

「承知しました」

まだ女が旅立つまでには時間がある。しかし、印をつけそこねて魂が悪霊となってしまえば、悪事を働く前に八雲の手で消すしかない。永遠に輪廻の輪には戻れなくなるのだ。

よろよろと走る女のあとを追うと、立派な商家のお屋敷前にたどり着いた。徳治はここの主人で、この女を囲っていたのかもしれない。

八雲と浅彦は少し離れたところから様子をうかがう。ほかの人間が姿を現す可能性があるからだ。

「徳治さん！」

門越しに叫ぶ女の声が夜の静寂を切り裂いた。

「徳治さん！」

何度も叫んでいるうちにひとりの大男が姿を現し、あからさまに迷惑そうな顔をする。

「なにしに来た」

「なにしにって……。すぐに迎えに来てくれるって言ったじゃない」

「お前なんて知らない。お前がていを刺したんだな。我が妻になんの恨みがあるんだ！」

徳治の言葉に啞然とする女は、目を見開いて何度も首を横に振る。

「そんな……。おていさんを殺したら一緒に逃げよ――」

女の言葉が途切れたのは、徳治に手で口をふさがれたからだ。

その様子を見ていた八雲は、自分の推測が大方当たっていたとわかった。浅彦は見るに堪えなくなったのか、ふたりから顔をそむけている。

徳治がかすかに笑みを浮かべたのを見逃さなかった八雲は、すべてを悟った。

理由まではわからないが、妻のていを疎ましく思った徳治が女の恋心を利用して、うまくいけば一緒になれると、ていの殺害を持ち掛けたのだろう。

おそらく最初から一緒に逃げる気なんてなかったはずだ。女に罪を被せて自分は妻を傷つけられたかわいそうな夫面。周囲から同情を買いながら、自由気ままな生活を楽しむ。

徳治の望む未来が手に取るようにわかり、八雲は顔をゆがませた。

やはり人間は浅はかであさましい。

「黙れ。お前なんて知らないと言っているんだ。警察を呼ぶ」

徳治が叫ぶと、女が血にまみれた着物の袂からなにかを取り出し振り上げた。

「八雲さま」

ふたりに視線を戻していた浅彦が、焦りを纏った声を吐き出す。女が手にしたのが血まみれの小刀だったからだ。

「私たちにはなにもできぬ」

八雲が力なく告げると、身を乗り出していた浅彦も肩を落とす。

「無力だな。目の前で傷つけ合う者がいても止められない」

「……はい」

死神は死をつかさどると勘違いされるが、黄泉への道筋をつけるだけの存在なのだ。女がおそらくこのいざこざで命を落とすのだとわかっても、死の時刻は変えられない。

「やめろ！」

小刀を振り下ろされた徳治の頬から血が滴る。しかし、女の手首をうまくつかんだ彼が反撃を始めた。女を地面に押し倒し、小刀を握った手ごと女の首筋に持っていく。

「借金で首が回らなくなって困った女が、貸し主の妻を殺害しようとして失敗。次は夫を狙ったが、今度は反撃されて死亡。身の危険を感じて仕方なく女を手にかけた夫は、無罪放免だ」

「なんて奴だ！」

徳治の都合のよい作り話に、浅彦が呼吸を乱し、怒りの形相を浮かべて叫ぶ。

「お前がていの殺害を失敗したから、計画が滅茶苦茶だ。まあ、いい。ていは寝たきりになるだろうから、俺は自由だ」

女の目から涙があふれ出す。しかし後悔しても、もう遅い。

「旦那さま、どうされました!?」

屋敷の中から別の男の声が聞こえてくる。

「終わりだ」

「ギャー」

非情な声でつぶやく徳治は手に力を込め、女の首筋にあてた小刀を引いた。

暗闇の中鮮血が噴き出し、女の断末魔の叫びが響き渡る。

「旦那さ……」

ちょうど出てきた使用人だと思われる男が、腰を抜かして座り込んだ。

「ていをやった女だ。俺も襲われて仕方なかった。警察を呼んでくれ」

「……は、はいっ」

あんぐり口を開け震える使用人は、やっとのことで返事をして四つ這いで離れていき、やがて立ち上がって走り去る。

「馬鹿な女」

徳治は顔に飛んだ返り血を手で拭いながら屋敷に入っていった。

「浅彦、行くぞ」

「……はい」

唇を噛みしめ無念の表情を浮かべる浅彦に指示を出した八雲は、女に近づいた。そして浅彦から受け取った死神の血から作られた赤い液を指につけ、虫の息の女のそばで膝をつく。

この赤い液は八雲の血に特殊な呪文を唱えたもので、人間の魂を黄泉へと誘導する力があるのだ。

「あなたの行為は間違っていた。来世では自分の意思を大切にして生きなさい。他人に振り回されてはならない」

「わ……たし、は……死……なな、ぃ」

女が話すたびに首の傷から血が噴き出す。

「安らかに」

「八雲さま！」

八雲が女の額に手を伸ばした瞬間、小刀を握ったままの女の手がぴくりと動いたのに気づいた浅彦が叫ぶ。

女が最後の力を振り絞り、小刀を八雲に投げつけたのだ。浅彦は焦ったが、八雲は避(よ)けようともしなかった。

小刀の柄(つか)が額に当たり傷を作ったものの、八雲は動じない。

「気が済んだか？　来世では幸せになりなさい」

八雲は意図的に避けなかったのだ。

女は気絶したのか目を閉じた。

血にまみれた額に印を残した八雲は、浅彦に目配せをしてその場を離れた。

直後、屋敷の中から人が飛び出してきて途端にざわつきが広がっていく。

八雲たちふたりは振り返ることもなく、死神の屋敷に戻ったのだった――。

芋粥がふつふつと音を立て始めた頃、鯵も焼きあがった。

やはり浅彦は姿を見せず、千鶴の胸に不安が広がる。

せめて浅彦と話ができたら、昨晩の八雲の冷たい言動のわけがわかるかもしれないのに。

八雲は自分を受け入れてくれたが、死神と人間の婚姻の行く末など知っている者はおそらくいない。

八雲から愛されていると感じる日々を送っていたものの、もとは交わるはずのない関係なのだ。人間同士の結びつきよりずっと脆い可能性だってある。いや、もしかしたらふたりの心の絆が確かなものであったとしても、なんらかの事情で離れなければならなくなる事態もあるかもしれない。

千鶴は自分たちの夫婦関係がこの先も続くとは限らないのだと落胆した。

浅彦が姿を見せないため、千鶴は一之助を起こしたあと浅彦の部屋にも向かった。

廊下で膝をつき、障子越しに声をかける。

「浅彦さん、お食事ができました。お体の調子でも悪いですか？」

あの引きつった顔の理由が知りたいけれど、曖昧に問う。

「準備をさせてしまい申し訳ありません。朝食は遠慮いたします。洗濯や掃除はあとでしますから」

障子の向こうからは普段と変わらない浅彦の声が聞こえてくる。けれども、障子が開くことはなかった。

「そんな心配はいりません。ゆっくりお休みください」

千鶴はあえて深く追及せず離れた。

千鶴がこの屋敷に来てから浅彦が食事を抜くのは初めてだ。やはり昨晩なにかあったのだろうけど、いつも積極的に話をしてくれる浅彦が口を閉ざしているのだから、触れるべきではないのかもしれない。

次に八雲の部屋にも足を向け、同じように障子越しに声をかける。

夫婦となった八雲とは同じ部屋で眠る機会も多いが、儀式で疲れているときはこうして別々の部屋で休むのだ。

以前浅彦に聞いた話では、様々な死に際を目の前で目撃する死神は、その死にざまが壮絶である場合、死神とはいえしばらくひとりで心の乱れを静める時間が必要だとか。もっとも八雲は、自分のようには取り乱さないと笑っていたのだけれど。

「八雲さま。もう傷は大丈夫でしょうか」

千鶴は勇気を振り絞って尋ねた。

拒否されたときの冷たい表情を思い出したせいか、鼓動が速まり、息が苦しい。

「問題ない」

声がしたと思ったら、障子がスーッと開く。浅彦が手当てしただろう額には木綿の白い布が巻かれていた。

「千鶴」

「は、はい」

八雲に名を呼ばれ、膝をついていた千鶴は立ち上がった。自分よりずっと背の高い八雲を見上げると視線が絡まり、さらに緊張が走る。

生贄の花嫁として神社に足を踏み入れたあの日。死神、八雲を目の前にして震えた。自分の命はあと数分、いや数秒なのかもしれないと覚悟を決めた。

あのときほどの切迫感はないけれど、突然作られた心の壁に戸惑う千鶴はいつものように笑えない。

「浅彦は寝かせておいてやれ」

「申し訳ありません。先ほど起こしてしまいましたが、お食事はいらないと」

「あぁ」

昨日の様子からして出ていけと言われるのではないかと身構えたが、浅彦の話だった。

「浅彦さんの体調は……。いえ、なんでもありません」

夫婦になってから、わからないことはなんでも聞いてきた。死神の仕事について、八雲はおそらくすべてを語ってはいまいが、遅い帰りを心配すると、八雲は「問題ない。黄泉に旅立った」と千鶴を安心させるように抱きしめた。

しかし、今日はなにも触れてはならない気がして口を閉ざす。

あんなに近づいていた心の距離が遠くなってしまった。

「浅彦も大丈夫だ。……千鶴。私は――」

「千鶴さまぁ」

八雲がなにかを言いかけたが、どこかで一之助が呼んでいる。

「また甘えているのか。行ってやってくれ」

「承知しました」

重い空気の流れる屋敷で一之助の明るい声だけが救いだ。

八雲がなにを口にしようとしたのかが気になりうしろ髪を引かれつつも、一之助の声のほうに急いだ。

朝食の席についた八雲にホッとする千鶴は、一之助の前では暗い顔はできないと口角を上げる。

「一之助くん、お魚も食べるのよ」

「骨が……」

骨を取るのが苦手な一之助はしかめっ面をしているが、その視線は八雲の額に釘づけだ。

「八雲さま、どうしたの？」

無邪気な一之助の質問に、千鶴は表情を硬くする。八雲はなんと答えるだろうか。

「一之助と同じだ。怪我をしただけ」

数日前。庭で走り回っていた一之助は、石につまずいて派手に転んだ。ひざをすりむいてしまい血が流れるのを見た彼が大泣きするのを浅彦がなだめ、千鶴が手早く治療したのだ。

そのせいか「八雲さまも転んじゃったの？」とあっさり納得して、大好物の芋粥に手を伸ばす。

「熱いから気をつけなさい」

八雲が口に入れようとする一之助を心配する姿を見て、頬が緩んだ。

よかった。一之助までも遠ざけるつもりはないようだ。

もしかしたら再び人間に嫌悪感を抱いたのではないかと心配していた千鶴は、八雲のいつも通りの一之助への優しい声に安堵(あんど)した。

一之助の鯵の骨を千鶴が取っていると、「浅彦さまは？」と粥をごくんと飲み込んだ一之助が尋ねてくる。

「腹でも壊したのだろう」

千鶴が困っていると八雲が答えた。

そもそも食事のいらない死神がお腹(なか)をくだすようなことがあるのかどうかは知らないが、これまた無邪気な一之助は「そっか」と納得している。

しかしやはり心配な千鶴が一瞬眉をひそめると、「浅彦はすぐによくなる」と八雲が付け足した。

視線を上げると八雲のそれとぶつかり、彼がこの言葉を一之助にではなく、自分に向けて放ったと気づいた。安心させようとしているのだ。

ずっとびくびくしていた千鶴は、ようやく緊張が緩み、自分も鯵を口に運び始めた。

洗濯や掃除をすると話していた浅彦だったが、やはり部屋から出てくる気配がない。

遊んでもらえない一之助が盛んに話しかけてくるため、結局掃除はあきらめた。

千鶴の前でけん玉をやり始めた一之助は、玉を小皿から中皿に移し、さらにはけん先に入れる。ときには弾かれて肩を落とすが、何度もやり直す。成功するたび千鶴が大げさなほどに褒めるからか、一之助は得意げな顔を見せた。

「千鶴さま、浅彦さまは大丈夫かな」

けん玉遊びに没頭しすぎたせいか少し疲れた様子の一之助は、千鶴のひざの上にちょこんと座り、心配げに尋ねてくる。

「そうね。八雲さまがそうおっしゃってたでしょ？」

「死神さまも、怪我をしたりお腹を壊したりするんだね」

一之助の何気ない言葉に千鶴はドキッとした。

浅彦は本当に病気なわけではなさそうだが、八雲の額から滴っていた鮮血が頭をよぎったのだ。

死神には寿命がないと聞いているが、怪我をしたり病気にかかったりといったことが人間と同じようにあるのなら、もしやひどい怪我をして寝たきりとなった場合どうなるのだろう。

永遠にその状況に苦しみ続けるの？　たとえ虫の息でも、生き続けなければならないの？

人間の魂は輪廻することで新たな人生を仕切り直せるのに、八雲や浅彦にはその機会がないのだ。体に異常をきたすことが幸いなかったとしても、過去に間違いを犯すようなことがあったら、その後悔を抱えたまま苦しみ続けなければならないのだと気づき、ハッとする。

死のときが迫るのは恐ろしいと認識していた千鶴だったが、永遠に生き続ける残酷さもまた知ってしまった。

千鶴が屋敷に来るまで、八雲は自分の苦しみにも鈍感だった。それは永遠に生きるために必要な能力だったのかもしれない。

「もしかして……」

「どうしたの？」

思わず漏らした言葉を一之助に拾われた千鶴は焦る。

「なんでもないわ」

取り繕ったものの、自分が八雲の感情を揺さぶり起こしてしまったがため、喜びだけでなく苦しみやつらさなどにも気づくようになった彼が、この先苦悩する羽目になるのではないかと怖くなった。

「千鶴さま。八雲さまや浅彦さまの元気がないとつまらないね」

「そうね。でもきっと、ふたりとも一之助くんの明るい声に元気づけられるんじゃないかしら」

千鶴は一之助を優しい目で見つめる八雲を思い浮かべながら話した。

太陽が西の空を茜色に染め始めた頃、遊び疲れた一之助は自分の部屋でコテンと眠りについた。

洗濯物を出したままだと思い出した千鶴は庭へと急ぐ。すると廊下であぐらをかき、ぼんやりと空を見上げている浅彦を見つけて足が止まった。

浅彦は千鶴の足音に気づいたらしくちらりと視線を向けたが、すぐに顔をそむけてしまう。

この屋敷の灯火のようないつも明るい浅彦の憂いを含んだ表情に、千鶴の顔も曇った。

八雲といい浅彦といい、一体昨晩なにがあったのだろう。

尋ねたいのに、八雲に拒否された千鶴には問いただす勇気がない。

「私はどうしようもなく愚かな人間でした」

「えっ……」

浅彦が唐突に衝撃的な告白をするので、千鶴は目を瞠る。

「浅彦さん、人間だったんですか？」

「はい。八雲さまにお願いして死神にしていただきました」

「あ……」

人間が死神になれるとは知らなかった千鶴は、なにを質問したらいいのか混乱して言葉が続かない。

「なんの見返りもないのに、ときにはご自分の身を犠牲にしてひとつの魂をいたわり、未来へとつなぐ八雲さまのようになって罪を償いたかった。でも私は、なにひとつ役に立てません」

「罪って？」

浅彦がなんの罪を犯したというのだろう。それで死神になったのだろうか。

千鶴は思わず聞き返したが、うつろな目をした浅彦はその問いかけには答えず続ける。

「八雲さまは人間がどんな醜態をさらそうとも、死にゆく者の無念をしかと受け止め黄泉へと送ります。しかし私は……あきれたり憤ったり、苦しければ目をそらすだけ。死神になってもなにも変わりませんでした」

「浅彦さん……」

どんな言葉をかけたらいいのだろう。

浅彦の胸の内に初めて触れた千鶴は悩む。

もとは自分と同じ人間だったのにも仰天したが、常に明るい彼が悩みを抱えているのも信じられなかった。

「私は所詮、器の小さい死神です。穏やかに死者の魂を黄泉へと導くなんて、この先ずっとできそうにない」

なにが浅彦の自信をこれほど削いだのかわからず途方に暮れる千鶴だったが、この屋敷に来て恐怖で震えていた自分を最初に安心させてくれたのは紛れもなく彼だと思い出した。

なんとか支えになりたい。

「でも、私は浅彦さんに救われましたよ」

それも何度も。

千鶴が救われているのは、浅彦の死神としての能力には関係がない。しかし、この屋敷に足を踏み入れたときも、八雲と気持ちがすれ違いそうになったときも、浅彦がいたからここで穏やかな日々を送れている。

「千鶴さまを救っているのは八雲さまです。私は八雲さまのようにはどうしても振舞えない。人間であろうが死神であろうが、価値がない存在なのです」

自信をなくしている浅彦には千鶴の言葉も届きそうにない。

千鶴は打ちのめされている様子の彼をこれ以上どう慰めたらいいのかわからず、しばらく黙り込んだ。

「お前は自分がそれほど完璧で立派だと思っていたのか」

沈黙を破ったのは、廊下の角の向こうから姿を現した八雲だ。浅彦は慌ててかしこまり、正座をする。

落ち込む浅彦には冷酷な物言いではないかと焦る千鶴は、八雲を見つめて首を横に振ったが彼は続けた。

「お前は愚かだ。だが、それがどうした。皆そうではないのか。もちろん私もだ」

八雲の発言に驚いたのは浅彦だけではない。千鶴もまた自分の耳を疑った。八雲が愚かだとは思えないからだ。

「人間であろうが死神であろうが、弱くて汚れていて……そんなどうしようもない自分が存在するのに気づいて葛藤しながら生きているものだ」

常々、八雲への尊敬の念を示す浅彦は、信じられないというような表情を浮かべる。

「八雲さまは私とは違います。八雲さまは私が憤っているだけの相手でも冷静に間違いを諭し、魂を黄泉に導かれます。昨晩のあの愚かな女の幸せな来世を願うなんて、私にはできません」

やはり昨晩の出来事のせいで、浅彦はこれほど落ち込んでいるのだ。

「お前はまだ経験の少ない見習いだ。あのような場で感情を揺さぶられてもおかしくはない。それどころか、一人前の死神として認められていても悪態をつきながら印をつける者もいるぞ」

死神の仕事は、額に印をつけて魂を黄泉に送ることだけ。死にゆく者の無念などくみ取る義務もなければ、来世の幸せを願う必要もない。しかし、それをするのが八雲なのだ。

「私も昨晩のふたりを見て、人間は浅はかだとあきれた。ただ、あの女を憐れだとも思った。あの男への恋心を利用され、裏切られたのだから」

「それはそうですが……。あの女を憐れだと思ったら、男の妻はどうなります。なんの非もないのに苦しみながら生きていかねばなりません。いっそ死をと願っても台帳の期限まで生きなければならないのです」

浅彦の言葉を聞いた千鶴は、八雲に視線を送った。昨晩なにがあったのか詳しくはわからないが、〝いっそ死をと願っても台帳の期限まで生きなければならない〟というのはおそらく八雲たちも同じ。いや、彼らには台帳の期限がないのだから、永遠にだ。

つい先ほど考えていたことを改めて突きつけられたようで、永遠の命の残酷さに胸が痛む。

「無論、もっとも苦しいのは妻だ。しかし私たち死神は、目の前で誰かが誰かを殺めようとも止める行為は許されていない。できるのは、黄泉に旅立つ前に心を整えさせることだけ。だとしたら、できる範囲でできることをするまでだ」

死者台帳の死の期限は絶対であるため、それがどれだけ過酷な死にざまでも、死神は黙って見ていることしかできない。千鶴も承知していたが、その現場を目の当たりにする八雲たちには複雑な想いがあるに違いない。

おそらく昨晩、そんな出来事に遭遇したのだろう。

「そう、ですが……」

浅彦は眉をひそめて難しい顔をする。

わかっているが、わかりたくないに違いない。

「お前はまだ未熟だ。反省せねばならぬことが山ほどある。しかし、自分の悪事を後悔もせず、素知らぬ顔をして生きていくあの男とお前は違う」

「八雲さま……」

膝の上で手を握りしめた浅彦の瞳が潤むのに気づいた千鶴は、そっとその場を離れた。

一旦自室に戻った千鶴だったが、やはりどうしても浅彦の様子が気になる。縁側から声がしなくなったため、思いきって八雲の部屋を訪ねることにした。

温かいお茶を淹れて部屋の前まで足を運んだが、緊張で声をかけられない。昨晩払いのけられた手を見つめ、やはり戻ろうと思ったそのとき。

「千鶴、入ってこい」

「は、はい」

どうやら気づかれていたらしい。八雲の声が聞こえてきたので障子を開けた。

「八雲さま、お茶を」

「あぁ、ありがとう」

よかった。いつもの声色だ。

それだけで泣きそうになるほど八雲の行為に動揺していたのだと千鶴は悟った。

「浅彦は大丈夫だ」

「はい」

千鶴の心を読む八雲は、お茶を口に運ぶ。

死神は本来飲み食いする必要がないのだが、千鶴がこの屋敷に来てからの八雲は、それを楽しむ時間を大切にしているように見える。

「浅彦がもとは人間だったと聞いたんだな」

「はい、先ほど」

正直に答えると、八雲はうなずく。

「浅彦は人間であったとき、壮絶な経験をした。そのせいで男女の情のもつれから死に至る魂を目前にするといつもああなる。自分の過去を思い出し、同調しすぎて冷静さを失うのだ。そのたびに自身の存在を恨むほど苦しむのだが、おそらく浅彦はそうあるべきだと考えている」

「そうあるべきとは？」

「苦しむのが当然だと。浅彦は真面目な男だ。みずからを痛めつけて過去の行いの懺悔をしているのだ」

浅彦がすすんで苦しい道を選択しているように聞こえて、千鶴には衝撃的だった。

「どうしてですか？　誰にでも懺悔すべきことはあります。でも苦しむのが当然だなんて」

それでは永遠に救われないのでは？

誰もが不完全であるがゆえ、間違いも犯す。そのたびに反省して軌道修正しながら生きている。

その反省に苦しみが伴うのは理解できる。けれど、浅彦のそれは度を超えている気がするのだ。みずから望んで苦しみの渦に飛び込むなんて普通はしない。

「そうだな。浅彦は自分の気持ちに正直にまっすぐ生きていただけ。あのときの惨劇は、清らかな心を持った浅彦には耐えられなかったのだろう」

八雲は遠くを見つめ、無表情で言う。彼がなにを考えているのか千鶴にはわからなかった。

「なにが……」

なにがあったのか聞こうとした千鶴だったが、人間の自分がしゃしゃり出るべきではないかもしれないと口を閉ざす。

以前なら聞けたのに、怪我が心配で差し出した手を拒否した八雲が自分をどう思っているのかわからないので怖い。

「長くなるがいいか？」

「は、はい」

教えてくれるの？

千鶴は大きくうなずいた。

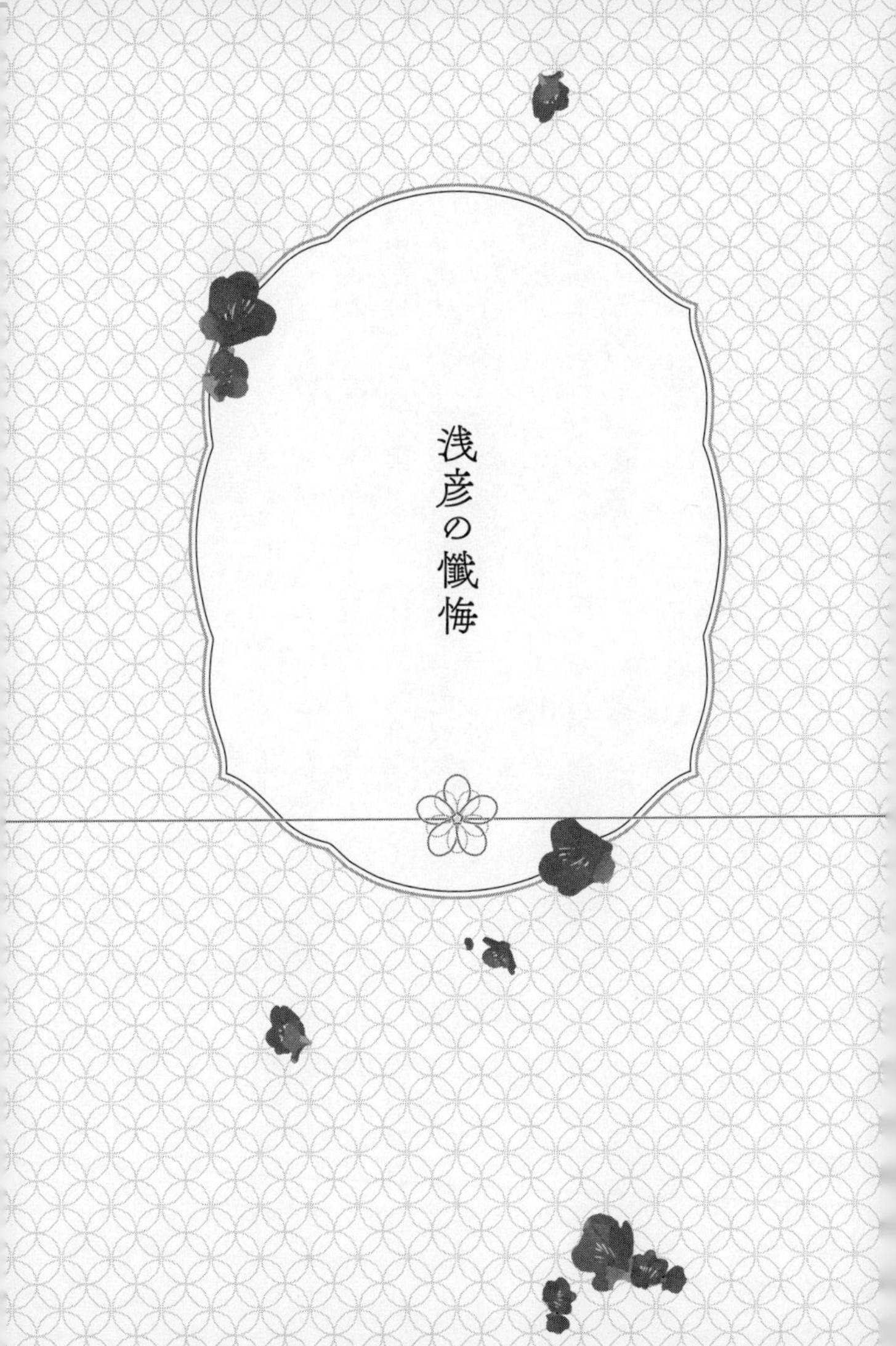

浅彦の懺悔

ときは江戸（えど）。

浅彦は四百石ほどの旗本、平松（ひらまつ）家の跡継ぎとして将来を期待される青年だった。長男として生まれた浅彦は、その後女児しか誕生しなかったこともあり、たいそう大切に育てられ、立派に十八まで成長した。

家臣の中には、浅彦の素直すぎる性格が跡継ぎとしては頼りないと思う者もいたようだ。ときには、みずからの出世のために他人を陥れたり、平然と嘘をついたりなど、腹黒さが必要な時代だったからだ。

浅彦は、家臣や使用人たちが自分にひれ伏すのを好まない。

父である当主が自分たちのために働く家臣を無下に扱う姿を見て、常々疑問に感じていたのだ。そのような道理に合わない態度をとり続けていれば、いつか家臣たちの反感を食らう。当主を守り、いつ戦に呼ばれても対処できるように日々鍛錬を積んでいる彼らが束になってかかってきたら、権力などなんの役にも立たないと浅彦は知っていた。

それに旗本の跡取りという地位は、自分の努力で手にしたものではない。そう考える浅彦には、権力を振りかざすことが恥ずかしく思えるのだ。

ただし、浅彦のそのような胸の内を知らない家臣たちが、誰にでも分け隔てなく接し、当主のように絶対的な存在として家臣を跪（ひざまず）かせようとしない姿勢を心もとないと思うのもまた事実で、浅彦は少々孤立した立場にある。

平松家には用人（ようにん）、中小姓（ちゅうごしょう）といった家臣のほかに、家事を請け負う使用人が数人暮らしている。その使用人のうちのひとり・すずは貧しい農家の出で、主に飯炊きや水くみが担当だ。

十六になるすずは、器量がよく働き者。使用人頭にいいように使われているが「はい」とふたつ返事で走り回る。

浅彦はそんなすずをいつも気に留めていた。

「すず」

水くみ途中のすずを見つけた浅彦は、周囲に誰もいないのを確認してから声をかける。

「重いだろう。私が持つ」

浅彦が桶（おけ）に手を伸ばしたが、すずは笑顔で首を振る。

「浅彦さまのお仕事ではございませんよ」

彼女の可憐（かれん）なはにかみが、日々堅苦しい生活を送る浅彦の癒しだ。

浅彦は将来平松家を背負う者として、厳しい鍛錬を求められている。朝は写経に始まり、それが終わると剣術の稽古。手が真っ赤に腫れあがるほど木刀を振っても、誰も褒めてはくれない。

しかし、すずだけは稽古が終わるとどこからか姿を現し、冷たい井戸の水に浸した手拭いを渡してくれるのだ。「お疲れさまです」と笑顔をつけて。

ところがその様子を目撃した中小姓が当主に、「使用人にうつつを抜かしていて、稽古に身が入っていない」と告げ口をしたため、浅彦はこってり絞られてしまった。

それからはうかつに近づけないでいるが、こうして人目がないときはこっそり話しかけている。

「すずは働き者だな」

「私より浅彦さまです。また肉刺(まめ)を潰されてはいませんか?」

すずは浅彦の手に視線を送る。以前、すずに手当てをしてもらったことがあるのだ。

「これくらい問題ない」

「ですが、浅彦さまは弱音を吐かれませんので心配です。どうか無理をなさいませんように」

朝から晩まで休みなく動き回っているすずも大変だろうに、自分を気にかけてくれる彼女の優しさが身に沁(し)みる。

「ありがとう、すず」

旗本の跡継ぎと下っ端の使用人ではあまりに身分差があり、本来ならば気安く言葉を交わせる間柄ではない。しかし浅彦が心を許せるのは、この平松家ではすずと家臣の定男（さだお）しかいないのが現状だった。

「あまり話していると浅彦さまが叱られてしまいますので、失礼します。それでは」

にっこり笑ってから離れていくすずのうしろ姿を、どうしても目が追ってしまう。ひとつに結われた髪が少し乱れてはいるが、それも必死に働いている証（あかし）だ。

浅彦には女兄弟しかおらず家を継げるのは自分だけだという自覚があったため、厳しい剣術の稽古や大量の写経を言い渡されても文句も言わずこなしている。しかし、待遇が決してよいとは言えないのに自分よりずっと忙しく走り回るすずを見て、自分はまだ甘いと感じた。

自分が平松家の主（あるじ）となった暁には、すずのような働き者がきちんと認められるようにしよう。

浅彦はそう決意した。

浅彦はそのうちなにかしら用を見つけては話しかけるようになり、自分を気遣って会話を切ろうとするくせして照れくさそうに白い歯を見せるすずを、使用人としてではなくひとりの女性として意識するようになった。

浅彦の周りは当主である父の顔色をうかがう家臣ばかり。浅彦を立派な武士に育てよと命を受けている家臣たちは、浅彦には厳しくあたる。

肉刺がつぶれて手に力が入らないときですら、剣の振り方がまるでなっていないと鍛錬の時間を増やされ、食事のときうっかり箸を落としでもすれば、「旗本の跡継ぎたるお方がみっともない」と、当主の補佐役を務める家臣に厳しく叱責されたりもした。

そのため浅彦は、屋敷の中では常に気を張っていなければならなかった。

そんな中、浅彦より十五ほど年上で中小姓のひとりである定男だけは、気が置けない人物だった。

定男は浅彦にかけられた期待の大きさと、そのせいで窮屈な思いをしていることをよく理解していて、時折当主の目を盗んでは、息抜きをさせるために浅彦をこっそり街へと連れ出す。

そんな定男を浅彦も信用して、なんでも話すようになっていた。

「定男。すずの着物が擦れているのだが、なんとかならないものだろうか」

「またすずの話ですか。ほかの者の前では口にしてはなりませんよ」

使用人に恋い焦がれるなど言語道断。浅彦も近い将来妻を娶ることになるのだが、旗本であれば旗本家の女を妻にするのがあたり前。農家の出のすずと結ばれるのは不可能なのだ。

「わかっている」

そう答えたが、惹かれるものはどうしようもない。

すずは、家臣たちが浅彦を理不尽なまでに責めるたび、まるで自分のことのように顔をゆがめ、「浅彦さまの努力は、お天道さまがご存じです」とひと言つぶやいて去っていく。その言葉にどれだけ救われてきたことか。

「着物ですか……。たしかに少々みすぼらしい。ただ、すずにだけ与えれば余計な勘繰りが入りますゆえ、ほかの使用人にも新調するように手配しましょう」

「さすがは定男だ」

浅彦は自分の膝をぱんと叩いて喜びを表す。普段はこれほど笑みをこぼすことがないからか、定男は少し驚いた様子だ。

「旗本とはいえ、財政は苦しいのですよ」

「私の着物を買うのを控えればいい」

「跡取りに擦れた着物を着せるわけにはまいりません」

定男は浅彦の欲のなさを心配しているのだ。旗本の跡取りに生まれたのは喜ばしいことなのに、浅彦にはその地位への執着がまるでない。

「浅彦さま。すずに目をかけるのはもうおやめください」

「……あぁ」

浅彦とて、すずとの将来がないのは承知している。しかし目が勝手にすずを捜し出す。

「浅彦さまにはそのうち縁談が持ち上がるでしょう。そのときにきっぱりとお諦めになるなら、私は目をつぶりますが」

「本当か!?」

身を乗り出す浅彦だったが、諦められる自信などまったくない。すずが愛(いと)おしくてたまらないのだ。

「ですが、絶対にほかの者に知られてはなりません。知られれば、すずはここにはいられなくなります。ここでの稼ぎがなければ、すずは困窮しますよ」

浅彦は困惑の表情を浮かべながら小さくうなずいた。

すずを困らせたくはない。さりとて放したくもない。

そんなすずとの距離が縮まったのは、定男と城下町に繰り出していたときのことだ。

「定男。あの男たち……」

「なんでしょうね」

草履屋の前に三人の男。その向こうには小柄な女がいるようだが、様子がおかしい。
そのうち女がタタッと駆けだしていったが、すぐに男に腕をつかまれて地面に倒れ込んだ。

「あれは、すずではないか？」

その女がすずだと気づいた浅彦は、定男が止める間もなく駆け寄る。

「すず、どうした？」

「浅彦さま……」

浅彦は今にも泣きそうなすずを抱き起こして、しっかりとした体躯（たいく）を持つ男たちの前に立った。

「彼女は私の家の者だが、なにか用か？」

目つきの悪い男三人は、浅彦の登場に驚いている様子で黙り込む。

「すず、なにがあった？」

男たちがなにも語らないため、背を向けたまますずに尋ねる。

「この方たちが突然現れて、わ、私を買いたいと……お断りしたら――」

「わかった。もういい。定男、すずを頼む」

震える声で語るすずを止めた浅彦は、すずを定男に託したあと刀に手をかけ、男たちをにらみつける。

このあたりにならず者が徘徊(はいかい)しているという噂は聞いていた。何人もの女が追いかけ回され傷つけられたとも。浅彦はそのような卑劣な行為に手を染める男たちを、いや、すずを手籠(てご)めにしようとした男たちを許せないのだ。

三人のうちのひとりは、刀を見た時点で逃げていった。しかしあとのふたりは真っ青な顔をしてカタカタと歯の音を立てている。

「浅彦さま、なりませぬ」

今にも抜刀しそうな浅彦を定男が止めた。

いかに旗本家の人間といえども、刀を抜いてもいいのは、主君に命じられた上意討ちや、相手に斬りつけられそうになったときだけだ。

〝武士たる者は、人々の範となるべし〟と当主の父にこんこんと説かれてきた浅彦は、帯刀していない男たちに向かって刀を抜くべきではないとわかっていた。しかし、怒りが収まらないのだ。

「すずを侮辱されたのだ。許せるわけがあるまい!」

頭に血が上った浅彦は、大声を張りあげる。

「浅彦さま、こらえてください!」

定男が浅彦を羽交い締めにして止めると、すずが浅彦の前に回り苦しげな顔で首を横に振った。

「浅彦さま、私は大丈夫でございます。私などのために、刀をお使いにならないでください」

「……くそっ。次はないと思え。失(う)せろ」

いまだ怒り収まらぬ浅彦が告げると、男たちは一目散に逃げていった。

「申し訳ございません。浅彦さまにご迷惑を……」

堰(せき)を切ったように流れ出した涙を慌てて拭うすずを、浅彦は思わず抱きしめた。

「お前が謝ることはなにもない。私こそ見苦しいところを見せた。もう大丈夫だ」

「浅彦さま、人目がありますゆえ」

定男は、ふたりを近くの神社に誘導する。

「定男、すまなかった」

「いえ。すず、お使いだったのか？」

「はい。奥方さまの白粉(おしろい)を買ってくるようにと」

「私が手に入れてくる。浅彦さま、それまですずをお願いできますか？」

定男は、自分にすずとの時間を持たせてくれるのだと察した浅彦は、「頼んだ」と彼の背中を見送った。

「すず。もう泣かずともよい」

次から次へとあふれ出るすずの涙を、浅彦はそっと拭う。

「申し訳ありません」

「いや、怖かっただろう？」

浅彦が問うと、すずは大きくうなずき顔をゆがめる。

「無事でよかった」

浅彦はもう一度すずを強く抱きしめた。すずもまた、浅彦の着物をつかんでしがみつく。屋敷では決して許されない行為だが、浅彦は震えるすずを放すことなどできなかった。

しばらくすずのすすり泣く音が境内に響き渡っていたが、それが止むと浅彦は腕の力を緩めてすずの顔を覗き込んだ。

「こんな汚い顔を見ないでください」

「どうしてだ。すずはどんなときでも、うつ――。なんでもない」

『美しい』と言いそうになり、なんとかこらえる。

「そこに座って話そう」

定男が戻ってくる気配はない。しばらく時間を潰してくるだろうと考えた浅彦は、すずを小さな拝殿の前にある石階段に座らせ、自分も隣に腰かけた。

「あの男たちになにかされたか？」

「いえ。しつこくされただけです。浅彦さまが助けてくださったから……。本当にありがとうございました」

すずは改めて深々と頭を下げるが、浅彦は自分の意のままに動いただけだ。ほかの使用人であっても助けただろうが、刀に手を置くほど怒りを爆発させはしなかったかもしれない。

「冷静さを欠いてしまって恥ずかしい。すずのことになると私は――」

浅彦はそこで口をつぐんだ。この先の言葉を口にするのは許されない。

「私のような者のために浅彦さまが怒ってくださって、ありがたくて、うれしくて……」

「当然だろう？　すずは私にとって大切な……使用人だ。『私のような者』などと自分を卑下しなくていい。すずは私の自慢の使用人だよ」

浅彦は『使用人』とあえて口にすることで、自分の気持ちを止めようとした。肩が触れるほどの距離にいる彼女を、もう一度抱きしめたくてたまらないのだ。

「私にお優しい言葉をかけてくださるのは、浅彦さまだけです」

「そうしたいから、しているだけだ。すず。いつも大変な仕事を押しつけてすまない」

「とんでもないです。私はお仕事をいただけるだけでありがたいのです」

生まれ落ちた場所が違うだけ。それなのに自分とすずの境遇の違いはなんなのだろう。

「もう少し我慢してくれ。私が当主になったら、必ず処遇を改善する」

「ありがとうございます。浅彦さまのもとで働けるのは幸せです」

違う。使用人としてではなく妻としてそばにいてほしい。

浅彦はそんな言葉をぐっと呑み込み、すずに笑顔を向ける。

「そういえば、新しい着物はどうした？」

定男に用意させたはずなのに、すずが纏っている姿を見た覚えがない。

「浅彦さまが用意してくださったとお聞きしました。ありがとうございます。でも、もったいなくて」

「着物は着るためにあるのだぞ。この着物では寒かろう。ほら、手だって……」

浅彦は何気なく、しもやけができたすずの手を握った。するとすずは頬を赤らめ、スッと引く。

「あ……。軽率に触れてすまない」

「い、いえっ。こんな荒れた手、お恥ずかしいですし」

なんとなく気まずくなった浅彦はすずと視線を合わせられなくなり、遠くを見たまま話す。

「働き者の手じゃないか。私の手も肉刺だらけだ。でも、いつもすずが気にかけてくれるから、毎日頑張れる」

剣術の稽古のあと、そっと差し出される冷たい手拭いがどれだけうれしいか。次期当主として、日々の鍛錬は当然ではある。しかし、歯を食いしばりながら腕を磨いても、まだ足りないと責められる毎日はこたえるのだ。

「毎日、黙々と稽古に励む浅彦さまを尊敬しております。私も頑張らなければと元気をいただいております」

「そう。それならよかった」

「はい」

元気を取り戻したすずのはにかむような笑みは、浅彦をも笑顔にする。

定男が戻ってくるまでの間、浅彦は束の間のすずとの時間を楽しんだ。

庭に霜が降りた冷えたある日。朝の挨拶のために父の部屋に向かおうと廊下を歩いていた浅彦の耳に、ドサッという大きな音が届いた。

「なんだ？」

辺りを見回すと、井戸の近くに誰かが倒れているのが見える。

「どうした？」

慌てて駆け寄った浅彦は、それがすずだと知った。

「すず？　どうしたんだ」

焦ってすずを抱き上げると、彼女はうっすらと目を開く。

「すみません、私……」

「体が熱いではないか。熱がある。こんなときまで働かずとも……。今すぐ楽にしてやるからな」

浅彦はすずを抱き上げたが、弱々しい力で肩を押されて拒まれる。

「叱られますから、私に構わないでください」

「そんなわけにいくか！　いいから黙ってろ」

「浅彦さま……」

顔をしかめながら浅彦が告げると、すずは浅彦の着物をギュッと握りしめて涙を流した。

「誰か！」

大声をあげると、使用人の女と中小姓のひとりが気づいて駆け寄ってくる。

「浅彦さま、どうされました？」

「ひどい熱だ。すぐに医者を」

中小姓に指示を出したが、彼はすずを一瞥するだけで動こうとしない。

「使用人に医者など、なにをおっしゃっているのですか？」

「だが、熱が高い。悪い病で命を落とすようなことがあったらどうするのだ」

「たとえこの女が命を落とそうとも、代わりなどいくらでもいます」

その言葉に怒りを覚えた浅彦は、眉をつり上げた。

「人の命に使用人も旗本もない。私は医者を呼べと言っている！」

普段、穏やかで頼りないと思われている浅彦の毅然（きぜん）とした命を聞いた中小姓は、

「しかし……」と顔を引きつらせる。

「従わねば首をはねる」

「し、承知しました」

焦る中小姓が走り去ったあと、浅彦は「布団を敷け」と乱暴な物言いで使用人に指示を飛ばした。

「浅彦さま」

騒動を聞きつけた定男も飛んできて、真っ赤な顔をして荒い息を繰り返すすずに視線を向ける。

「すずが……」

「ご安心ください。きっと風邪を拾っただけです。浅彦さまに移ってはまずい。私が責任をもって対処いたしますゆえ、こちらに」

定男がすずを渡すよう手を出したが、浅彦は首を振る。

「私が看病をする」

「なりません！」

定男が強い言葉で制したのは、おそらく浅彦を思ってこそだ。すでに家臣たちが集まってきている。浅彦のすずへの恋心を見抜かれてしまっては、次期当主としての浅彦の威厳がなくなる。使用人に心を寄せるなど、許されないのだ。

「約束したはずです」

小声で定男が付け足すと、浅彦は唇を噛みしめて渋々うなずき、すずを託した。

「私が責任をもってすずを看病いたします。ご心配なく」

浅彦を励ますかのように口の端を上げた定男は、中庭を挟んだ向かいの廊下に視線を移す。そこにはいつも浅彦に厳しくあたる家臣が、冷めた顔をして立っていた。

「使用人にまで気を回していただき申し訳ございません。浅彦さまのお優しさは、誰に対しても変わらずあっぱれでございます」

定男は周囲に響くほどの大声を張りあげた。浅彦がこうして気にかけるのはすずだけではないと示してくれたのだった。

すずを定男に託した浅彦は、自室にこもり呆然としていた。

「私は……」

好きな女ひとり守れない情けない男だ。

周囲の者は旗本の跡継ぎともてはやしてくるが、そんな地位よりすずとの未来が欲しい。

しかし自分がこの家を捨てれば、平松家は跡取りを失う。万が一取り潰しとなれば、家臣が路頭に迷うだろう。

平松家の将来を背負っている浅彦の心は揺れ動く。

「くそっ」

思いきり畳にこぶしを打ち込んだが、心のもやは晴れなかった。

しばらくすると定男が顔を出した。

「すずは？」

「医者に診てもらいましたが、少々熱が高く意識が朦朧（もうろう）としています。おそらく働きすぎで体力が落ちていたのでしょう。風邪を拾って悪化させてしまったようです」

「大丈夫なのか？」

浅彦は今すぐにでも飛んでいきたい衝動を必死に抑えて尋ねる。

「体を休めれば大丈夫だと。しかし浅彦さま。薬礼もばかにはなりませんので、本来なら使用人に医者など呼べないとおわかりのはずです」

定男の発言はもっともだ。使用人の風邪くらいで医者を呼んだことはない。

「しかし、すずは倒れたのだぞ。ああなるまで働かせたのは平松家の責任だ」

「浅彦さまがすずに医者をと叫ばれたのは、本当に平松家当主の跡取りとして責任を感じたからですか？　そうではないでしょう？」

定男は遠慮なしに浅彦の心を覗こうとする。あの行為がすずに抱いた恋心から出たものだと見抜いているのだ。

「それは……」

「あのように目立つ行為をされては、私もかばいきれません」

定男の言葉はすべて正論だ。

おそらく当主からのきついお叱りがあるだろう。けれども、あのときはすずを守りたい一心だったのだ。

浅彦は頭を抱える。

「定男。私には腹違いの兄弟がいるという噂を耳にしたことがあるのだが……その子は男なのか、女なのか？」

浅彦が切り出すと定男は目を丸くする。

「なにをお考えで？」

「もし男であれば、私がいなくなったら惣領除(そうりようのき)を出してほしいのだ。そしてその者を平松家の跡継ぎとして迎えてほしい」

すずはしばらく臥せっていたが、医者の出した薬が効いたのか三日ほどで元気になり、再び働きだした。

浅彦はそんなすずを遠くから見守るだけ。本当ならば近くに行って声をかけたいが、定男に『すずの立場もお考えください』と諭され、その通りだと納得していた。

平松家を解雇となって田舎に帰ったら、食い扶持をつなぐのはおそらく難しい。

そもそもすずの家は田畑を持っておらず、土地を借りてなんとか毎日をしのいでいるらしい。昨今では下級武士より裕福な農民もいるようだが、すずの生家は絵に描いたような貧しさなのだとか。そのためすずの兄も行商に出ているし、すずも平松家に奉公に来ているのだ。

とはいえ、すずへの気持ちを断ち切れたわけではない。話しかけることすらままならない状態が、浅彦の恋心をいっそう燃え上がらせる。

「すず……」

視界の端にちらりとすずの姿が入っただけで声が漏れる。

しかし定男以外の誰にも聞かれてはならない。

肩を落とした浅彦は、そそくさと自室に戻った。

それから十日ほど経った。

浅彦は仕事にいそしむすずを目で追いながら、また体調を崩していないかを確認する日々。同じ屋敷に住んでいるのに、すずとの距離がとてつもなく遠い。

しかし、浅彦にはどうしたらいいのかわからなかった。

自分の思ったままに行動してとがめられるのはすずのほう。すずには不遇を託(かこ)つことすら許されないのだ。

しかもすずが自分をどう思っているのかわからない。もしかしたら迷惑なのかもしれない。

ただ彼女が倒れたあの日から、屋敷中の者の目が浅彦の一挙一動を監視しているような気がして、うかつに近づけない。そのため、気持ちを確認することもできないでいる。

屋敷の裏庭で、雑念を追い払うために一心不乱に木刀を振り続けていた浅彦は、西の空が茜色に染まり始めた頃自室に引きあげた。すると、すぐにバタバタと激しい足音が聞こえてきて、障子のほうに視線を送る。

「浅彦さま！」

その声は定男だ。

「入れ」

促すと、いつも冷静なはずの定男が珍しく取り乱した様子で障子を勢いよく開け、部屋の中に入ってきて片膝をつく。

「そんなに慌ててどうした？」

「す、すずが……」

真っ青な顔をしている定男は、それだけ言うと唇を嚙みしめ黙り込んだ。

「すずがどうした？　まさか、また倒れたのか」

浅彦が腰を浮かすと「違います」と定男に止められた。

「それならどうしたんだ？」

浅彦が問いただしても、定男は口を真一文字に結び表情を引きつらせているだけだ。

「定男、言え！」

「浅彦さま。私は期限付きですずへの恋心を認めましたよね」

「それが？」

恋といっても、神社の境内で話した以外は、すずを見つけてはこっそり近づき言葉を交わす程度で、もちろん気持ちを伝えてはいない。

「その期限がまいりました。すずのことは今日をもってお忘れください」

浅彦は自分の指先が冷たくなっていくのを感じた。

「……縁談が持ち上がったというのか？」

「はい。ご当主からお話があるでしょう」

動揺で視線が定まらなくなった浅彦は、言葉を失う。

すずが倒れてからは、遠くから眺めるだけで声すら聞いていない。

すずと語り合いたい。笑い合いたい。そんな気持ちを胸の奥にしまって、我慢に我慢を重ねてきた。当主である父の期待通りに黙々と鍛錬を積んでいれば、いつかすずと一緒になりたいという自分の願いを聞き入れてもらえるのではないかなんて、ほんのわずかな期待があったのだが、それも無残に打ち砕かれた。

「馬鹿だな、私は……」

そもそもすずが自分の気持ちを受け入れてくれる保証などないのだし。

「浅彦さま」

うつむく浅彦の顔を、苦悶(くもん)の表情を浮かべる定男が心配げに覗き込む。

「どうして……。私は平松家になど生まれたくなかった」

浅彦はドンと畳に拳を打ち込んだ。

恵まれた生活が送れるのは旗本家の長男として生を受けたおかげだと、浅彦もわかっている。しかしそれと引き換えに、行動だけでなく心まで自由を奪われた生活が苦しくてたまらない。

人の上に立ちたいだとか、贅沢(ぜいたく)な暮らしがしたいという強い願望があるわけではない浅彦は、旗本の地位よりすずを愛することができる自由が欲しかった。

「すずに……すずに会いたい」

唇を噛みしめ小声で願望を口にするのは、相手が定男だからだ。

「浅彦さま、どうかこらえてください」

定男は無念の表情で応える。

「定男。最後にすずと話をさせてくれ。すずには迷惑がかからないようにする」

定男はすずが倒れてから浅彦が彼女を避けるように生活していたのを知っているからか、「それは……」と言葉を濁す。

「すずの前でほかの女を妻にしなければならないのだ。仲睦まじい夫婦を演じるなんて、私にはとても……」

うっすらと目に涙をにじませた浅彦が正直な気持ちを吐露すると、定男は一瞬困惑の視線を向けたあとうつむいた。

「すずは……」

重い口を開いた定男がその続きを言おうとしないのが浅彦は気になる。

「どうした？」

「すずは、すでにここにはおりません」

浅彦は目を大きく見開いた。

「どういうことだ」

「ご当主より解雇を言い渡され、先ほど出ていき——」

定男の言葉が終わる前に浅彦は部屋を飛び出していた。

解雇？　なぜあれほど勤勉に働いていたすずが、辞めさせられなければならないのだ。すずがなにをした。

激しい怒りで握った拳が震える。

すずへの気持ちを抑えて言われるがまま婚姻をしなければと苦しむのも、すずには迷惑をかけたくなかったからだ。それなのに、解雇とは。

すずは次の仕事をあてがわれているわけではないはずだ。貧しい実家に戻っても苦しい生活が待っているだけ。おそらく再び奉公に上がることになるだろう。無事に奉公先が決まれば問題ないのだが、女の場合、遊郭に身売りしなければならなくなるときもあると知っている浅彦は焦りに焦った。

「すず、すず！」

大声を張りあげながら足を速める。

行かないでくれ、すず。

心が叫んでいるが、すずを引き止めても、平松家では彼女との未来がないのはわかっている。

解雇を言い渡した父は、すずが倒れたときの自分の対応を知り、恋心に気づいたのだろう。思慮に欠ける行動をとってしまったのは否定しない。しかし自分を罰するのではなく、なにも罪を犯していないすずを追い出すのは間違っている。

すずの実家が東北だと聞いていた浅彦は、奥州街道（おうしゅうかいどう）への道をひたすら走る。すると、山へと続く坂道を少し上がったところで女の姿をとらえた。

「すず！」

すでに息が上がっていたがなんとか声を振り絞ると、女は足を止めた。

間違いない。

浅彦はさらに距離を縮めようとするも、女が走りだしたので目を瞠る。

「すず？」

まさか逃げようとしているのか？

すずの行動に衝撃を受けたが、このまま見送るわけにはいかない。必死に追いかけて彼女の腕をつかまえた。

「待ってくれ」

「放してください」

弱々しい声で抵抗するすずは顔をそむける。

「放さない。すず、申し訳なかった。私がすずに近づいたせいでこんな……。でも父上に話して平松の家に戻れるようにするから」

浅彦は再び使用人としてすずを雇い入れることを、自分の結婚の条件にしようと考えていた。

「お断りいたします」

けれどもすずから意外な返事があり、浅彦の思考が一瞬停止する。

「どうしてだ？　このまま田舎に戻っても困るのではないか？」

「あはっ、あははは」

すずらしからぬ下品な笑い方に驚いた浅彦は、思わず手を放してしまった。

「旗本のお坊ちゃんが、ちょっと色目を使われたからって、あたふたして……」

「な、なにっ？」

「ここまで落ちぶれるとは。滑稽としか言いようがないわ」

笑いをこらえきれないという様子のすずは、ずっと肩を揺らしている。

自分の知っているすずとはまるで違う……。

唖然とする浅彦は、言葉を失った。

しおらしいふりをして私をだましていたのか？　私の好意をわかっていて振り回し、心の中ではあざ笑っていたのか？

「馬鹿な男。でもあなたのおかげで平松家では快適に過ごせたわ。それだけは……お礼を……。それでは」

すずは冷たい笑みを浮かべて浅彦に小さく頭を下げたあと、踵（きびす）を返して進みだす。

浅彦はだまされたという衝撃と、こんな女のために家を捨てようとまで考えた自分の馬鹿さにあきれて立ち尽くす。

そして、すずの背中が小さくなっていくのを呆然と見つめていた。

自分の目は節穴だったのか……。

すずが平松家で奉公を始めてからの日々が頭をよぎる。

どんなにきつく当たられても笑顔を絶やさず「はい」と返事をし、朝早くから夜が更けるまで働き通しだった彼女は、素直で擦れたところがまったくない女だと思っていた。それがこのざまだ。

天を仰いだそのとき、『それだけは……お礼を……』と話したすずの顔が頭をよぎった。あの瞬間、彼女は目をそらした。それだけでなく、声がかすかに震えたような。

いや、気のせいだ。完全にだまされていたのにまだ信じたいのか？

浅彦の心は葛藤する。

細い一本道はゆるく曲がっていて、やがてすずの姿が視界から消えた。

気がつけば、浅彦は再び走り始めていた。今度は声もかけずにすずの前に回り込み、立ちふさがる。すると彼女は、両手で顔を覆いうつむいた。

「どうして泣いているのだ？」

すずの頬は涙で濡れていた。

「答えろ、すず。私をあざ笑っていたのではないのか。旗本の世間知らずの跡取りが、使用人にころっとだまされて醜態をさらしていたのだ。お前が泣く必要など、どこにある」

あぁ、私はどこまでもすずを傷つけるのだな。情けない。

浅彦は問いかけながらも、自身の視界もにじんできたのに気づいていた。

「通してください」

「ならぬ」

「どうしてでしょう」

すずはうつむいたままで浅彦を見ようとしない。

「お前を愛しているからだ」

浅彦がとうとう胸の内を明かすと、すずはようやく顔を上げる。

「お前を愛しているから行かせられない。すず、行かないでくれ、行かないでくれ」

旗本の跡取りが使用人に愛をささやき、『行かないでくれ』と懇願する姿を家臣たちに見られたら、大きな溜息（ためいき）とともに厳しく叱責されるだろう。けれども、あふれ出てくる気持ちを止めることなどできない。

「な、なにをおっしゃって……」

「先ほどは、私をわざと突き放したのだろう？　私の将来を心配してくれたのだろう？」

どう考えても、すずがあんなにひどい女だとは思えなかったのだ。それに、すずに色目を使われた記憶などない。むしろ近づかないでくれと遠ざけられていたくらいだ。しかも、かすかに声が震えたと思ったのは間違いではなかった。すずの目は真っ赤に染まっていた。

「違います。まだわからないのですか？　私は平松家でうまく生きていくために浅彦さまを利用したんです」

すずは目に涙をためながら言葉を紡ぐ。

「私の目を見て言いなさい」

視線をそらしたままのすずに、浅彦は優しい口調で語りかける。

「私はあやうくだまされるところだった。もちろん、すずが嘘をついたのは先ほどのひどい言葉のほうだ。馬鹿だな、私は。お前がそんな女ではないとわかっていたのに、迫真の演技だったから」

浅彦はすずの頬に手を伸ばし、そっと触れる。すずはビクッと震えたが、その手を拒みはしなかった。

「私の気持ちは、すずにとって迷惑でしかないかもしれない。でも、もう自分に嘘をつきたくない。お前が愛おしい」

浅彦が胸の内を吐き出すと、彼女の瞳が揺れる。

「浅彦さまには縁談がおありなのですよ。私のような者に情けは無用です」

「情けなどではない。私はすずでなくては嫌なのだ」

首を横に振りながら想いを伝える浅彦は、ようやく自分の気持ちが軽くなるのを感じた。

「この気持ちは一生しまっておかなければと、つい先ほどまで思っていた。父上の言うままに結婚をしようと。ただ、すずが路頭に迷うのは耐えられない。だからすずが平松家で働き続けられるように、父上に頼むつもりだった。だが……」

浅彦はすずの腕を強く引き、腕の中に閉じ込める。

「お前の涙を見てしまったら、気持ちを抑えたまま生きていくなんて無理だとわかった。私にはお前が必要なんだ。なぁ、すず。お前は私が嫌いか？」

胸に顔をうずめたままのすずは、平松家でのように離れようとはしない。浅彦はそれがうれしくて、胸がいっぱいになった。

「……嫌いです。黙って見送ってくださらない浅彦さまなんて、大嫌いです。こんなにこらえたのに」

すずの声が耳に届いた瞬間、浅彦は背中に回した手に力を込める。

「すず……。私と一緒に逃げよう。平松家にいては一緒になれない」

すずを使用人に戻すのは不可能ではないが、妻に迎えるのは間違いなく許されないだろう。そんな願望を口にしたら、それこそ二度と会えないように手を回されるに違いない。

「無理です。浅彦さまは平松家をお継ぎになるべきお方。私はお気持ちをいただけただけで十分です。この幸せを胸に、強く生きてまいります」

浅彦の着物の襟元をギュッと握りしめるすずは、覚悟したかのように話す。

「私には腹違いの兄弟がいる。定男は教えてくれなかったが、どうも男児もいるようだ。平松家はその子が継げばいい」

「そんな……。駄目です」

浅彦の胸を押して離れたすずは、激しく首を横に振る。

「私のような者のために、浅彦さまの人生を台無しにしないでください」

「なにが幸せかは私が決める。私はすずがいればそれでいい」

「浅彦さまは貧しい民の生活をご存じないから、そんなことが言えるのです。朝から晩まで働いてもお腹いっぱいになるまで食べ物を食べられないのですよ。私の擦れた着物を心配してくださいましたが、破れても買えないのです」

すずはそう訴えてくるが、浅彦の心はもう決まっていた。

「私には幸い剣術の心得がある。どこかの用心棒くらいはできるはずだ」

「ですが！」

浅彦は、興奮気味のすずの手を握る。

「私に好きでもない女を娶れと言うのか？」

浅彦が問うと、すずは絶句して目を大きく見開く。

「すずのいない未来などなんの希望もない。たしかに、旗本という地位を捨てれば笑いものになるだろう。それでもすずと生きていきたい。私は自分の意志で自分の歩く道を決めたいのだ」

「絶対に後悔します」

すずは頑（かたく）なに反対するが、浅彦は微笑んだ。

「すずの手を放したらもっと後悔する。もう観念してくれ。私の気持ちは変わらない」

「浅彦さま……」

泣きそうな顔で自分の名を口にするすずを、浅彦はもう一度抱き寄せた。

「贅沢はできないかもしれないが、必ず幸せにする。私の妻になってほしい」

強い決意を伝えると、すずはとうとうこくんとうなずいた。浅彦の心に言い知れない喜びが広がる。

「ありがとう。もう離れるのは許さない」

「はい」

手の力を緩め、すずの顔をしっかりと見つめて浅彦が言うと、すずは大きくうなずいた。

すずの目からこぼれたのは、きっと安堵の涙だ。彼女の柔らかな微笑みが、それを示していた。

「一度家に戻って、定男にあとを託してくる」

「浅彦さま、本当に後悔――」

すずが口を開きかけたが、浅彦は口の前に人差し指を立てる。

「絶対に後悔しないし、すずにもさせない。しかし、平松家を捨てるとしても家臣の生活は守らねばならない。跡取りがいなくなれば取り潰しになる。そうならないように定男に話をつける」

「ですが、定男さまはお許しにならないのでは？」

さすがに家を捨てるというとんでもない事態を、定男が黙って見過ごすわけがないのは、浅彦も承知している。

「許さないだろうな。だが、許してもらうつもりはない。こんな私の面倒を見てくれた定男には感謝しかない。誠心誠意、謝罪してくる」

浅彦がきっぱりと言うと、すずは浅彦を見つめたままなにやら考えていた。けれど、しばらくするときりりとした表情で大きくうなずく。

「はい。お待ちしております」

「ありがとう、すず。この近くに旅籠屋があるはずだ。そこで待っていてほしい。必ず戻ってくる」

すずをもう一度抱きしめた浅彦は、たまらない幸福感で満たされていた。

彼女を守る。一生自分が。

そう決意しながらすずを旅籠屋まで送り、彼女の手を握る。

「すず、幸せになろうな」

「はい」

すずのうれしそうな笑顔を見た浅彦は、気持ちが通い合うという心地よさを味わった。

うしろ髪を引かれつつも、一旦別れる。平松家への方向に足を進めながら何度も振り返ると、すずは子供のように無邪気に手を振ってくれた。

彼女と一緒なら、たとえ貧しくても生きていける。

浅彦の足取りは軽くなった。

すずは旅籠屋の二階の窓から平松家の方向を眺めていた。

何刻、いや何日かかるかわからないが、浅彦は必ず自分のもとに戻ってくる。そう信じていた。

障子を閉めようとすると、水仕事で荒れた指がふと視界に入る。浅彦はこの手をいつも気遣ってくれた。冬の冷たい水での洗濯はこたえたけれど、浅彦がいつも「働き者の手だ」と褒めてくれたので踏ん張れた。

当主に解雇を言い渡されたとき、それより浅彦の縁談話がつらかった。自分が決して叶わない恋心を抱いているのだとはっきり確信したのは、そのときだ。

けれども、なにも言う権利はなかった。

浅彦は近い将来旗本の当主になるお方。それなりの妻を娶り、務めを果たして家臣を養わなくてはならない。

せめて平松家を立派に導いていくだろう姿を近くで見守りたいと思ったが、暇を出されてよかったのかもしれないとすずは感じた。目の前で浅彦とその妻が仲睦まじく暮らす様子を見ていなければならないのも、きっとつらいからだ。

当主は、おそらく高熱を出して倒れたときに浅彦と自分の仲を勘繰り、引き離すために解雇を決めたのだろう。

浅彦が自分を特別な存在だと感じてくれているのではないかという期待はあったが、身分の差は越えられない。ここできっぱり浅彦のことは忘れて、どこか別の場所で新たな一歩を始めるのもいいかもしれない。

そう考えたすずは、素直に「今までお世話になりました」と頭を下げて身の回りの物をまとめ、浅彦に会うことすらせず平松家をあとにした。

それなのに、追いかけてきた浅彦に『お前が必要なんだ』と強い気持ちをぶつけられ、今はとても幸せな気持ちで彼が戻るのを待っていられる。

浅彦は定男に『許してもらうつもりはない』と言っていたが、本心は許されたいはずだ。

平松家では、当主に近い家臣たちが浅彦に厳しく接しているのをよく見かけた。〝当主になるために必要な体の鍛錬〟と言われればその通りなのかもしれないが、朝から晩まで手が肉刺だらけになるまで木刀を振る浅彦を見ていると、胸が痛んだ。

そんな日は、冷たい水に浸した手拭いを用意して、腫れた手を冷やしてもらった。「大丈夫ですか?」と尋ねると、「平気だよ。すずこそいつもお疲れさま」と優しく微笑んでくれた。ほんの数分の出来事だったが、すずにとっては心が和むひとときだった。浅彦もそうだったのかもしれないと思うとうれしかった。

やがて山の稜線に太陽が沈んでいき、部屋の片隅にある行灯に火を入れた。部屋の中がほんのり橙色に染まり、畳にすずの影ができる。いつもなら疲れた体を引きずるようにして夕飯の片付けにいそしんでいる時間なのだが、すずの気持ちは高揚していた。

なにやら階下が騒がしくなり、耳を澄ます。すると、階段を上ってくる複数の足音がした。

「なにかしら」

首を傾げた瞬間、予告なくふすまが開いて、ふたりの屈強な男がずかずかと部屋に入ってくる。

「な、なんでしょ――」

驚き座ったままあとずさったが、すぐに背中が壁にあたり焦る。

「せっかくご当主が逃がしてくださったのに、恩を仇で返しやがって」

すずは、前に立つ眉の太い男が平松家の奉公人、若党のうちのひとりだと気づいた。

たちまち心臓が早鐘を打ち始め、緊張が走る。

浅彦は当主に捕まってしまったのだろうか。

「あ、浅彦さまは……」

「お前ごときが浅彦さまの名を口にするなど、許されないんだ。浅彦さまは旗本をお継ぎになるお方。使用人の分際で言葉を交わすなど言語道断」

男が腰に差した刀に手をかける。

「お前が浅彦さまをそそのかしたのはわかっている。ご当主はお前から浅彦さまを守るよう、私たちに命じられたのだ。あきらめよ」

すずは自分を追いかけてきた浅彦が、この男たちにずっと監視されていたのだと知り、絶望的な気持ちになる。近くにいたのであれば、将来を誓い合ったのも聞こえていたのかもしれない。

「平松家の足を引っ張るものは、つぶしても構わないと言われている。……前から思っていたが、お前、いい女だな」

突然ニヤニヤしだした男は、距離を詰めてくる。うしろにいた少し背の低い男も遠慮なしに部屋の中まで上がり込んできて、ピシャリとふすまを閉めた。

「出ていってください」

すずは震える声を絞り出したが、だらしなく目尻を下げる男はすずの頭から足先まで視線で犯す。

男はそれを喉元に突きつけてくる。そして今度は脇差に手をかけ、するりと抜いた。

浅彦との幸せな未来を夢見たのがそんなにいけなかったのだろうか。身分違いなのは承知している。でも、殺されるほどのことをしたの？

すずは悔しくて唇を噛みしめた。

「殺したいなら殺しなさい。でも浅彦さまには罪はない。私が誘惑したのです」

こうなった以上、ふたりで逃げるのは無理だ。屋敷の片隅で働いていた自分を見初めてくれた浅彦は守りたい。愛されたという幸福な記憶だけでもう満足だ。

すずは必死だった。

「泣いて命乞いをするかと思ったら、肝の据わった女だ。ますます欲しくなった」

脇差を放り投げた男は、すずを畳に押し倒して馬乗りになり、すずの着物の襟もとに手をかけた。

「やめて！」

「黙れ」

男がうしろの男に目配せすると、その男は暴れるすずの手を押さえる。

「嫌っ！　殺しなさい。殺せばいいでしょ！」

「煮るなり焼くなり好きにしろと言われてるんでね」

へへっといやらしい笑いを漏らす男は、すずの肌にかさついた手を滑らせた。

「やめて、嫌ーっ」

泣き叫び激しく抵抗していたすずだったが、男に無理やり貫かれた瞬間、全身の力が抜けていった。

花を散らされた痛みなど、もはやなんでもない。浅彦と夫婦の契りを結ぶはずだったのに、到底受け入れられない苦痛にさらされて心が凍っていく。

絶望の淵（ふち）に追いつめられたすずは、男に犯されている体が自分のものではないような感覚に陥った。

すずは、自分の上で恍惚（こうこつ）の表情を浮かべて体を揺らす男を冷ややかな目で見つめる。苦痛に顔をゆがめることも、抵抗の声をあげることもなく。

一人目が満足した様子で離れると、交代したもうひとりの男も、まるで屍（しかばね）のように反応しなくなったすずの上にまたがった。

「なあ、ちょっとは色っぽい声出してみろよ。興奮しねぇだろ」

二人目の男がすずに身勝手な言葉を吐いた瞬間、我に返ったすずは突然男を突き飛ばして起き上がり、転がっていた脇差を手にして迷いなくその男の胸を一刺しする。

「うわぁぁぁ」

断末魔の叫びとともに血が噴き出し、すずの白い肌に散った。もうひとりはとっさにすずから離れたが、丸裸になっていたため刀までたどり着けない。

「なにしやがる！」

男は怒鳴るが、すずは脇差を手にしたまま近づいていく。浅彦との未来が見えなくなった今、すずには怖いものなどなにもなかった。

「なにって、あなたを殺すんです」

「お前に俺が殺せるわけ――ひぃっ」

すずは容赦なく男に脇差を振り下ろした。よけられて刺し損ねたものの、裸で倒れ込んだ男の喉元に脇差を突き立てる。

「殺せるわ」

「か、勘弁してくれ。この通りだ。命だけは……。ギャァー」

男の謝罪などもはや耳に届かないすずは、真っ青な顔で命乞いをする男の首に迷うことなく脇差を突き刺した。そして男がのた打ち回るのを、呆然と見つめていた。

夢よね、これは。

自分に問いかけたが、血なまぐさいにおいに吐き気を催し、口に手を持っていったとき、真っ赤に染まる自分の手を見て現実だと思い知る。

「あぁ、あぁぁ……」

すずは自分の行いに絶望した。

ふらふらと立ち上がり、着物を羽織って階段を下りる。

「なっ……」

　おそらく男たちに金でも握らされたのだろう。どれだけ叫んでも助けに来なかった旅籠屋の主人は、血まみれのすずを見て腰を抜かす。すずはあんぐりと口を開ける主人を一瞥して旅籠屋を飛び出した。

　天気のいい今日は空に無数の星が瞬いているはずなのに、すずの目には映らない。涙が次から次へとあふれてきて止まらないのだ。

「浅彦さま……」

　浅彦にたまらなく会いたい。しかし穢（けが）れたこの身体（からだ）を見られたくない。相反する感情が心の中でせめぎ合い、悲鳴をあげる。

「浅彦、さま」

　何度も浅彦の名を呼び、あてもなく真っ暗な道をよろよろとさまよう。

　人を殺してしまった。

　高熱で倒れたとき、家臣に医者を呼ぶよう命じた浅彦の腕の中で、『たとえこの女が命を落とそうとも、代わりなどいくらでもいます』という冷酷な声を聞いた覚えがある。そのとき、使用人である自分の命は虫けらほどの価値しかないのだと落胆したが、そんな女に殺された男も滑稽だ。

「あははは」

　すずは、笑いながら泣いた。

数時間前は幸せの絶頂にいたというのに、幸福がするりと手から逃げていった。やはり自分のような者が愛する人との未来など、望むべきではなかったのだろう。

あてもなく歩いていると、目の前に大きな川が現れた。すずはそのほとりの木の下に膝から頽れるように座り込み、頬の涙を手で拭う。すると、生臭い血のにおいがまとわりついて顔をしかめた。

目を閉じて浅彦の優しい笑顔を思い出す。「すず」と呼ぶ声が聞こえてきそうなほど浅彦の姿がはっきりと脳裏に浮かぶのは、彼が好きでたまらないからだ。

しばらく放心していたすずは、カサッというかすかな音に身を硬くして、その音の方向に顔を向けた。

「だ、誰？」

もしや死んだと思った男が生きていて追いかけてきたのではと身構えたけれど、目の前にいるのは先ほどの男たちより背丈が高く、長い髪をなびかせた男だった。彼は返り血を浴びている自分を見ても、動じる様子もなく近づいてくる。

「恐れずともよい。私は死神。あなたが黄泉に旅立てるように印をつけに来た」

「死神？」

「そうだ」

死神の噂は耳にしたことがあるが、もっとおどろおどろしい存在だと思っていた。

どう見ても人間の姿をした死神を少し意外に思う。

それにしても、黄泉に旅立つとは……。死を覚悟したのがなぜわかったのだろうと、すずは不思議だった。

とはいえ、もう死にゆく身。死神を恐れる必要もない。

「印、とは？」

「あなたの肉体を離れた魂が、迷わず黄泉に向かえるようにするための印だ。黄泉に入った魂は、いずれまた新たな命として戻ってくるであろう」

「戻ってくる？」

すずの問いかけに死神は大きくうなずいた。

それでは生まれ変わり、新しい人生が歩めるのだろうか。いや、この手で人を殺めたのだ。ろくな来世は待っていないだろう。

「いえ、私はもう戻ってきたくはありません」

「その血。あの男たちに手をかけたのは、あなたなのか？」

死神はすずの言葉には応じず、尋ねてくる。

旅籠屋に乗り込んできた男たちにも会ったのだろうか。あぁ、彼らにも印をつけたのか。

「そうです」

認めた瞬間、涙があふれてきて必死に歯を食いしばった。

あの男たちを殺めた自分は、罪人になってしまった。けれども、無理やり純潔を奪ったのは彼らだ。

浅彦を愛しただけなのに……。

すずは無念さに嗚咽を漏らす。

「随分とつらい思いをしたのだな」

「えっ？」

「あの男たちのしたことくらい察しがつく」

自分を責めるであろうと思っていた死神の意外な言葉に驚いた。

「……私には愛した方がおりました。あの男たちが乗り込んでくる数刻前に気持ちを確かめ合い、夫婦となる契りを交わしました」

すずは月の光が差し込む川の水面に視線を移して話す。

死神の言う通り、この川に身投げをして死ぬつもりだったが、最期に胸の中の苦しみを吐き出してしまいたかった。

「ですが、私たちの間には越えられない身分の差があったのです。彼は家を捨てて私と一緒に逃げると言ってくださいました。でも家臣が路頭に迷わないよう、今後の話をつけてくるから待ってほしいと」

「しかし現れたのはあの男たちだったんだな」

死神に問われて、すずはうなずいた。

「もう一度……彼に会いたかった。私はただ、あの人に愛してもらえるだけで幸せだったのに」

すずの目からはぽろぽろと大粒の涙があふれ出し、血に染まる着物に落ちていく。

「あなたの無念は私の心に刻んでおこう」

「死神さま、ひとつお願いが」

「なんだ？」

すずはその場に正座をして死神を見上げる。

「……きっとあの人──浅彦さまは私を捜しに戻ってきます。なにがあったのかを悟り、私が黄泉に旅立ったのを知れば、きっと優しい浅彦さまはご自分をお責めになるでしょう。でも私は、そのようなことを望んではおりません」

「あぁ」

死神は相槌（あいづち）を打ち、膝をつく。そしてまっすぐに目を見つめてくるのですずは少し驚いた。その行いが平松家にいたときの浅彦と同じだからだ。

故郷で田畑を耕していた頃も、平松家の使用人として働き始めてからも、周りの人たちからはいつも見下されていた。そのため、自分の言葉など片手間でしか聞いてもらえず、目すら見てもらえなかった。

しかし浅彦だけは、話しかけるときには必ず少し腰を折り視線を合わせてくれた。

そして、「うん、うん」と相槌を打ってくれた。死神がそんな浅彦の姿と重なって見えたのだ。

死神なるものはもっと恐ろしい存在だと思っていたのに、すずの前にいる死神は神妙な面持ちで耳を傾けてくれる。

すずはこの死神を信じて、浅彦への最期の言葉を託した。

「そろそろ時間だ。この世ではつらい思いをしただろう。しかし、あなたに愛というものを注ぐ者がいたのは間違いない。きっとあなたには、愛されるだけの価値があったはずだ」

「価値？」

そのようなものが思い当たらないすずは、首をひねる。

「そう。死を覚悟してもなお、お相手を慮（おもんぱか）っているあなたの心はきっと清らかなのでしょう。来世では今度こそ幸せをつかみなさい」

「安らかに」

死神は着物の袂からなにかを取り出し、すずの額に触れた。

「……さようなら」

すずは死神に見守られ、冷たい水に身を投げた。

定男に話をつけて朝日が昇るのとともに旅籠屋へと走った浅彦は、凄惨な人殺しの現場を目の当たりにして言葉をなくした。

平松家は旗本とはいえ戦に駆り出された経験はなく、このような血まみれの現場に遭遇することなどなかったのだ。

岡っ引数人が集まっていたのはすずのために借りた部屋で、しかも裸で斬られて死んでいたのが平松家の奉公人だと気づき、体が震えだした。

父上だ。父上が自分のあとをつけさせて、男たちにすずを襲わせたのだ……。

浅彦の恋心に勘づいた途端縁談を用意し、すずに暇を出した父ならそれくらいやりかねない。父も含めて平松家に仕える男たちは、すずを虫けらくらいにしか思っていなかったからだ。

襲われそうになったすずは、抵抗して男たちを刺したのだろう。いや、あのか弱い彼女がひとりで男ふたりも刺せるのか？　剣術に心得がある自分でも難しい。

「まさか……」

すずは犯されたのかもしれない。裸で息絶えている愚かな男たちは、そのとき隙ができたのだろう。そうとしか考えられない。

「すず、すずは？」

「女がひとり逃げたようですね。あなたさまはどなたで？　その女をご存じですか？」

岡っ引に尋ねると、逆に訊かれる。

「すずは……私の妻だ」

祝言を挙げたわけではないけれど、将来を誓い合った浅彦にとっては妻同然。はっきりと口にして部屋を飛び出した。

「すず、すず！」

叫んだとて、近所の者が振り返るだけ。すずの姿はどこにもない。

「どこにいる」

辺りを捜していた浅彦は血の痕跡が点々と続いているのに気づき、その跡を追う。

無事でいてくれ。

浅彦は昨晩のうちに戻らなかったのを激しく後悔していた。

昨晩、平松家に戻った浅彦は、定男にすずと将来を誓い合ったと正直に打ち明けた。

すると、あんぐりと口を開けた彼は、眉間に深いしわを刻んだ。

けれども、『正直、もう戻られないかと思っていました。家臣のことを考えてくださりありがとうございます』と頭を下げられて、自分はこんなに忠実な臣下を振り切っていくのだと胸が痛んだ。

夜通し定男とふたりで話をして、様々な道を模索した。

どれだけ冷静になってもすずへの気持ちは変わらないとわかったらしい定男は、『どうしようもないお方ですね。あとは私がなんとかいたします。お任せください』とすべてを引き受けてくれた。

なんとかすると言うが、それほど簡単ではないと浅彦もわかっている。しかし、定男に頼るしかなかった。

「お元気で。約束ですよ」と自分をこっそり屋敷から逃がしてくれた定男には、感謝しかない。

これですずと新たな第一歩を歩きだせると思ったのに、想像だにしなかった事態が起こっていたのだ。

「すず……」

浅彦は顔をゆがませた。

すずは無事なのだろうか。岡っ引が逃げたと言っていたが、怪我もなく逃げられていればそれでいい。あのふたりは殺されるようなことをしでかしたのだ。あとは自分がすずを守る。

そんな決意を胸にひたすら血の痕をたどった。けれど、川辺でそれが途絶えているのに気づいて、全身に鳥肌が立つ。

「まさか……」

浅彦は川下に向かって走りだした。あまりの勢いに心臓が痛いほどだったが、それより今はすずの無事を確認したい。

「すず、どこにいるんだ！」

悠々と流れる川の水面に目を凝らすが、視界がにじんできてよく見えない。

すずはこの冷たい川に沈んでしまったのか？　お願いだ、無事でいてくれ。

激しい動揺で混乱し、我を忘れそうになる。

どうしてだ。すずがなにをした！

なんの落ち度もないすずが、こんな結末を迎えるなんてあんまりだ。いや、まだあきらめない。彼女はきっとどこかで生きている。

「なんだ、あれ……」

やがて浅彦の目が人だかりをとらえた。人ごみをかき分けてその中心に近づいていくと、力なく横たわるすずの姿が目に飛び込んできて息が止まる。

「すず!」

名を呼びながら抱き上げるも、体があまりに冷たくて愕然とした。

「すず? 目を覚ませ。誰か、医者を!」

声を張りあげても、だれひとり動こうとしない。

「頼む。医者を呼んでくれ!」

もう一度懇願すると、白髪交じりの男が無念の表情で口を開いた。

「もう息をしていない。呼んでも無駄でしょう」

「そんな……」

本当は浅彦も薄々勘づいていた。すずの体は凍るように冷たく、すでに硬直し始めていたからだ。

「旦那、お知り合いですか? なにがあったのか知りませんけど弔ってさしあげてください。無縁仏にならなくてよかった」

男がそう言って離れていくと、野次馬の人々も一気に去った。

「すず? 返事をしてくれよ」

あきらめきれない浅彦は泣き叫ぶ。

「なんでこんな……。なんで、すずが!」

どこにもぶつけられない憤りが、ふつふつと湧いてくる。

「……すまない」

どれだけ呼んでもなんの反応もないすずを抱きしめ、唇を嚙みしめる。

「私が馬鹿だった。すずが大切なら追ったりせずに行かせるべきだった」

そうすれば父も黙って見送っただろう。あの男たちに襲われることもなければ命を落とす事態にもならなかったはずだ。

すずと一緒になりたいという自分の気持ちを優先したばかりに、最悪の結果を招いてしまったのだ。

「愛しているよ、すず」

浅彦は真っ青で冷たくなっているすずの唇にそっと口づけを落とした。これがふたりの初めての接吻(せっぷん)だった。

「すず。私もすぐに行くからな。少し待っていてくれるか？」

すずをひとりにしたくない。そう考えた浅彦は彼女をそっと地面に下ろして額に唇を押しつけたあと、自分も川へと入っていく。

こんなに冷たい。よく我慢したね、すず。

心の中ですずに話しかけながら深みへと進む。急に速くなった流れに体を持っていかれ、これですずのところにいけると気を失った。

すずと一緒に旅立つつもりだった浅彦だが、目を覚ますと平松家の屋敷に戻っていた。

視線を動かすと、頬に涙を伝わせる定男の顔が見える。

「浅彦さま……。よかった」

定男が泣くところなんて初めて見たなと、ぼんやり考える。

浅彦には、なにがどうなっているのか、そして定男がどうして泣いているのかわからなかった。

「定男、どうかしたのか？」

上半身を起こそうとしたのに、体が重くて思うように動けない。

「四日も目を覚まされなかったのですから、まだお休みになっていてください。浅彦さまが川辺で倒れていると連絡を受けたときは肝が冷えました。もう二度とあのようなーー」

「すずは？」

川辺と聞きすべてを思い出した浅彦は、渾身(こんしん)の力を振り絞り、体を起こして定男に詰め寄る。

「残念ですが……」

もしや定男が医者を呼んで助けてくれたのではと期待したが、その期待はあっさり打ち砕かれた。

「どうして……。私のせいだ」

「違います。断じて浅彦さまのせいではございません」

定男が必死に慰めてくれるも、浅彦の胸には響かない。

「私がすずを殺したのだ。すずは……すずはどこに……」

「ご安心ください。私が寺に預けて弔いました。元気になられたらお連れします」

定男の気遣いはありがたいが、すずの死をまだ受け止められない浅彦は、悪夢の中にいるような感覚だった。

「そうか。すまない定男」

浅彦が声を殺して泣き始めると、定男はそっと部屋を出ていった。

涙を拭いた浅彦はよろける足で必死に歩き、父の部屋に向かう。その様子は殺気立っていて家臣の誰も声をかけられないほどだった。

鬼の形相でいきなり障子を開け放った浅彦に目を丸くする父だったが、すぐに険しい顔になる。

「声もかけずに無礼だ」

「なぜすずを殺したのですか」

「ようやく目覚めたと思ったらなんだ。私は殺せとは命じておらぬ。それにすずは殺したほうだ。そのあとみずから身投げしたらしいじゃないか」

薄ら笑いすら浮かべる父が憎くてたまらない浅彦は、血走った目で父の胸ぐらをつかんだ。

「浅彦さま。おやめください」

浅彦が当主の部屋に向かったと聞いた定男が飛んできて、浅彦を羽交い締めにして止める。

「放せ！　すずが……すずが……」

「浅彦。お前は旗本家の当主となるのだぞ。あんな小娘にそそのかされて追いかけるなど、末代までの恥。今回の件をもみ消すのに、どれだけ金を使ったと思っているんだ！」

「もみ消す？　公にすればよかったではありませんか。平松家は使用人の命をなんとも思わぬ冷酷な旗本だと」

「浅彦！」

当主は怒りの形相で浅彦をにらみつける。

「目を覚まさぬか！　お前に家臣たちの一生がかかっているのだぞ」

「使用人の命を奪ったくせになにをいまさら。家臣たちの一生ではなく、父上の世間体ではありませぬか！」

感情が高ぶる浅彦の目からは、涙がこぼれ落ち始めた。

「浅彦さま、落ち着いてください」

定男は一歩も引かない浅彦を必死になだめる。そして、声を聞いて駆けつけてきた別の中小姓とともに浅彦を部屋から引っ張り出した。

「なぜだ。なぜ止めるのだ！」

大の大人が——しかも次期当主ともあろう人間が、人目をはばからず涙する姿を心苦しく思ったのだろう。定男は眉根を寄せる。

「浅彦さまがご当主とぶつかられても、すずは戻ってきませぬ」

「それなら、せめて私もすずのそばに……」

考えなしの自分の行動のせいで、すずが逝ってしまった。

自分の浅はかさに打ちひしがれる浅彦は、生きる気力をすっかり失った。

浅彦は定男の手を振り切り自室に戻ると、短刀を手にして片肌脱いだ。

「浅彦さま、なりませぬ！」

腹に刀を突き立てると、定男に跳ね飛ばされる。

血は滴ったものの、傷は浅い。

浅彦は死ねないのが悔しくて嗚咽を漏らした。

「死なせてくれ」

「できませぬ」

腹の傷をとっさに押さえた定男は、顔をゆがめながら応える。

「なぜだ。すずのいないこの世に未練などない」

「浅彦さまのせいですずがあの世に旅立ったのなら、浅彦さまが出ていかれるのに目をつぶった私も同罪。どうしてもお死ににになりたいのなら、私を先に斬ってください」

定男の声が震えているのに気づいた浅彦は、少し冷静さを取り戻した。

定男までをも苦しめてはならない。彼だけは自分の味方だ。

定男を除く家臣たちが完全に浅彦を見限ったと感じた当主は、浅彦から刀を取り上げた。そして惣領除を出し、妾(めかけ)に生ませた男児を迎えることに決め、浅彦の存在そのものを世間から隠すようになった。

一方浅彦は、旗本の跡取りという道筋から外れたことなど微塵(みじん)も気にしておらず、一日中部屋の中に座ったままで、開いた障子から遠くの空を、定まらない視点で眺めているだけだった。

「浅彦さま」

「定男。私の世話はもうしなくていい。父上に今後について仰ぎなさい。定男は人を育てるのがうまいから、弟の世話をするのもいい」

「私は浅彦さまにお仕えしたいのです」

浅彦は定男の申し出がうれしかったが、定男が大切な存在だからこそ自分から離さなければとも思っていた。

もしかしたら黙って平松家を出ていったすずも、同じような気持ちを抱いていたのかもしれないと考えると、顔がゆがむ。

「定男なら必ずや出世できる。私のような者にもうかかわってはならない」

「いいえ。すずへの恋心を知ったときは仰天しましたし、忘れさせなければとも思いました。ですが、本当は一途にすずを想う浅彦さまの清らかな心を微笑ましく思っておりました」

「定男……」

「しかしこのような事態になり、やはり心を鬼にして引き離すべきだったと後悔しております。浅彦さまがご自分を許されるまで、一緒にいさせてください」

いや、違う。定男は止めたではないか。忠告を聞き入れなかったのは自分だ。

これほど心配してくれる定男へのうしろめたい気持ちもあった浅彦だったが、すずへの贖罪の気持ちのほうがずっと大きく、それからも柱に頭を打ちつけたり、井戸に飛び込もうとしたりした。しかしそのたびに誰かに見つかり、死にきれないでいる。

「浅彦さまはもう駄目だ。そのうち死神さまが迎えに来なさる」

家臣たちがこそこそ悪口を漏らしているのを浅彦は知っていたし、どうでもよかったが、〝死神〟という言葉には反応した。

「死神さま、か……」

世間では、死の間際に死神が枕元に立つとまことしやかにささやかれている。その死神は小石川の奥にある神社に祀（まつ）られていて、死神を恐れる人々が参拝を欠かさないとか。

なんでも浅彦の祖父が幼少の頃、大飢饉（だいききん）に襲われて多数の者が飢えて亡くなったため、死神に生贄の花嫁が差し出されたという。すると翌年は天候も回復して、豊作だったとか。

そのような話は迷信だと思っていた浅彦だったが、もしも本当ならばと考えた。

死神は自分を殺してくれるだろうか。

死を恐れる者は奉納の品を携えて足しげく神社に通うらしいが、それで死を免れるのなら、逆に死を望めば命を絶ってくれるかもしれない。

何度も自害を試みたものの失敗を繰り返している浅彦は、その日の夜更けにこっそり部屋を抜け出して神社に向かった。

人々が多く訪れると聞いていた神社だが、こんな真夜中には人影はない。しかしお社にはたくさんの米や酒といった奉納品が並んでいる。

食事が喉を通らないせいで足取りが危うく、ふらっとよろけてつぼみが膨らみ始めている梅の木に寄りかかる。

この木では駄目だ。もっと太い幹でなくては……。

浅彦はあたりを見回し、葉も花も散らせて粛々と冬の寒さに耐えているような桜の木に目をつけた。

背の高い男が神社にやってきたのは真夜中だった。

妙な気配を感じた八雲が神社へと赴くと、男はしきりに桜の木を見上げている。提灯も持たずに訪れた男がなにをしにきたのか、さっぱりわからなかった。

上質な着物を纏っているわりには頬はこけ、顔に生気がない。病で旅立つ日が近く、ここに死神が祀られていると聞いて命乞いをしに来たのかもしれないと思い、しばらく様子をうかがっていると、男は社の前まで歩み寄り、そのよれよれの姿からは想像できないはっきりした口調で話し始めた。

「死神さま。どうか私を殺してください」

八雲は想像だにしなかった願いに啞然とした。

まだ死にたくないと懇願されたのは数知れず。しかし殺してくれとは。

目を凝らしてみると、男の額は赤黒く腫れ上がっていた。

「すずのそばに行きたいのです」

すず？

八雲はしばし考え、それが川に身投げした女の名だと気づいた。するとこの男はすずが伝言を残した浅彦という名の想い人なのだろうか。

すずから最期の言葉を託されたときは彼女が不憫で言えなかったが、死神には死者から残された者への伝言は許されておらず、浅彦には伝えられない。

男女の情のもつれから死を選ぶ者もいるが、旅立った愛しい人を追おうとするとは。すずとこの男の心はしかとつながっていたのだと八雲は感じた。

額の怪我は、もしや死のうとした痕跡だろうか。

浅彦に近づいても死期は感じず、台帳でもその名を見た覚えがないので、今日だけでなくしばらく死のときは訪れないだろう。それを知らない浅彦は、延々と自分を傷つけ続けるかもしれない。しかし、なにがあろうとも台帳の死の期限がすべてだ。

通常死にゆく者の前にしか姿は現さないが、すずの最期の言葉を伝えられないことに少々心残りがある八雲は出ていった。

死神を呼んだとはいえ、自分を見れば恐ろしくて逃げ出すだろう。人間の覚悟なんてその程度のものだ。と八雲は考えていた。しかし、浅彦はまったく取り乱しもせず、それどころかじっと見つめてくる。

「死神さまですか」

「いかにも」

返事をすると、無表情だった浅彦の眉がピクリと動く。

「どうか……どうか私を殺してください。少しでも早くすずのところに行かせてください」

青白い唇を動かす浅彦は、深く頭を下げてくる。

「お前の死期は今ではない。だから死ねない。帰りなさい」

事実を伝えると浅彦は途端に顔をゆがませ、よろよろと近づいてくる。そして八雲の腕を強く握った。

「どうしてですか？　死神さまなんですよね。私の命を奪ってください」

「それはできない。死の時刻は生まれた瞬間に決定している。私はその時刻に従って魂に印をつけ、正しく黄泉に導くのが仕事」

「どうして皆、私を殺してくれないのですか。すずが待っているのに」

みっともなく泣き叫ぶ浅彦は、一層手に力を込めてくる。

「死のうとしても無駄だ。苦しいだけだぞ」

「苦しみたい。私はもっと苦しみたいのです。すずを殺めておいて、のうのうと生きてはいられない」

すずを死に追いやった責任を感じているのだと気づいた八雲だったが、台帳に浮かんだ死の期限はどんなに懇願されても変更できない。

「しかし、お前が黄泉に行くのは今ではない。そのときが来るまでは生きなければならない」

すずのもとに旅立ちたいと願う浅彦にとって、これは残酷な宣告なのだろうと八雲はわかっていた。

けれど、死者台帳に記された時刻に間に合うように印をつけることだけが自分の仕事。この先もまだ生きる人間のことなど関係がない。

浅彦の手を振り切って踵を返したが、彼は回り込んできて冷たい地面に正座し、頭を下げる。

「お願いです。私を殺してください！」

静寂に包まれた夜空に、浅彦の声が響く。

だだをこねる子供のようでもあったが、あふれ出して止まらない涙は本物で、彼がすずの死で打ちのめされているのは伝わってきた。

とはいえ、浅彦の事情に付き合うのは死神の仕事ではない。

「お前に印はつけられない。もう帰れ」

八雲はそう言い残して姿を消した。

浅彦のむせび泣く声が八雲の屋敷にまで聞こえてきたが、しばらくすると収まった。

大切な者を失った人間が呆然自失となる光景は何度も見てきたが、死神に死を懇願する浅彦のような者はほかに知らない。ただ、浅彦の悲しみも時が解決するはずだ。


しかし、その二日後。再び浅彦の声がしたので神社に向かうと、桜の木に縄をかけている姿が飛び込んできた。首をくくろうとしているのだ。

「なにをしている」

姿を現すと、浅彦は先日より憔悴(しょうすい)した顔で八雲を見つめて口を開く。

「どうか私に印を」

「できぬと言ったはずだ」

八雲の言葉が届いていないのか、浅彦は桜の木に手をかけてよじ登り始める。

「無駄な努力だ」

八雲はもう一度伝えたが、うつろな目で「殺してください。すずのもとに行かせてください」と縄に手をかけた。もはや〝死〟しか見えていない様子だった。

愚かな男だ。

死神の前で首をくくろうとも、黄泉には行けず、失敗して苦しいだけだ。せっかく忠告したのに聞く耳を持たないのでは、八雲にはほかに打つ手などない。

冷めた目で浅彦を見ていると、「すず。すぐに行くからな」とつぶやいた彼は、とうとう縄に首を入れ、首をくくってしまった。

――ドサッ。

しかし縄の結び目がほどけて、浅彦は地面にたたきつけられる。

「まだ死ねぬと言ったではないか」

声をかけたが気を失っているようだ。

乱れた着物の合わせから、腹や胸に無数の刀傷が走っているのが見えた。ここに来るまでに死のうと試みた痕だろう。

刀を取り上げられたのか……。

武士であれば、不祥事の始末を腹切りでつけるのは潔しとされるだろうが、女のあとを追うために切腹など、末代までの恥となりかねない。

人間はくだらない見栄(みえ)のために必死になる馬鹿な生き物だと知っている八雲は、そう推測した。

気がつく気配もない浅彦を、八雲は仕方なく屋敷に連れ帰ることにした。

翌日には目覚めた浅彦だったが、また死ねなかったことに落胆したのか、うつろな目をして呼吸を繰り返しているだけ。血色も悪く、まるで死人のようだった。

八雲はすずとのいきさつを尋ねたが、浅彦は『私は自由に恋心を口にできない立場に抗いたくて、家を捨ててまで気持ちを貫こうとする自分に酔っていただけなのです。すずを本当に好いていたのなら手放してやるべきだった』と、力なく後悔を漏らすばかり。

すずを襲わせたのが実の父だったという現実が、浅彦の苦しみを深くしているような気がした。

深夜、浅彦を置いて儀式に向かった八雲は、死にたくないと泣き叫ぶ老女に印をつけて屋敷に戻った。すると、布団から這い出てきた浅彦が、「お願いです。私に死を」と縋(すが)りついてくる。おそらく、誰かを殺してきたのだと勘違いしているのだろう。

同じ人間なのにこれほど違う。死を望む者は生きながらえ、生きたい者は死んでいくのが皮肉だと八雲は思ったが、それが死者台帳というものだ。

「私は誰かの命を長くすることも短くすることもできぬ。無論、お前の命もだ。あきらめて現実を受け止めよ」

八雲は浅彦にそう言い残し、自室に入ってピシャリと障子を閉めた。

東の空が明らんできた頃、ドンという大きな音がしたため、八雲は廊下に出た。

「なんの音だ」

音がしたほうに足を向けると、もう一度ドンと音がする。

さらに進むと、額から血を流した浅彦が、縁側の柱に頭を打ちつけていた。

「なにをしている。何度言ったらわかるのだ。お前の死期は今ではない」

なぜわからないのだ。決められた死の時刻を受け入れればいいだけではないか。

死者台帳に抗うという行為が理解できない八雲は、あきれながら言う。

「たとえ死ななかったとしても、すずが感じた痛みを私も感じたい。彼女ひとりに背負わせた苦しみを私も味わいたいのです」

その場に頽れて唇を嚙みしめる浅彦は、「どうか馬鹿だと笑ってください」とつぶやいた。

「あぁ、馬鹿だな人間は。くだらない」

八雲は言い捨てる。

「おっしゃる通りです。こんなことをしてもすずは帰ってこない。すずが感じた恐怖や無念を、いまさら軽くすることもできない。わかっていても、すずの痛みを少しでも感じたいのです。すずが、愛おしいから」

人間が持つ〝愛〟という概念は、八雲には難しくて理解できずにいる。

浅彦の今の心境が、その愛からきているとしたら、とても面倒なものだと八雲は思った。

死の時刻が決まっているにもかかわらず、死に急ぐ浅彦はどうしようもない馬鹿者だ。浅彦も自分を馬鹿だと言う。それがわかっているのに柱に頭を打ちつける彼のすずへの気持ちは、おそらくうわべだけのものではない。

心中を試みる男女は、この世で無理ならあの世で一緒になりたいという勝手な願望を吐く。そして、死を選択することが美しいと勘違いし、そんな行為を実行する自分に酔ったまま旅立つ。

それが死の期限だっただけだと知っている八雲は、くだらないと思いながら何度も見送ってきた。

浅彦もまたそうした人間なのであろうと思っていたが、どうやら少し違うようだ。浅彦もすずも、黄泉や来世で結ばれたいという気持ちから死を望んでいるようには見えなかったのだ。

すずは、浅彦に穢れた自分を見せたくなかったのだろう。そして、男たちを殺めてしまった自分が浅彦の今後の足枷(あしかせ)になると考えて身を投げたに違いない。

そして浅彦は、ただ自分のせいでつらい思いをしたすずへの懺悔の念を心に抱き、同じだけの苦しみを味わいたいと自分を傷つける。その苦しみの究極が死だと思っているため殺してくれと懇願するが、もしも生き続けることが最大の苦しみだと思えば、そうするような気もする。

これがふたりの間にあった愛というもののせいであれば、それにとらわれた浅彦は死を迎えるその日まで永遠に苦しみ続けることになる。

人間は、自分が考えているよりもっと厄介な生き物なのかもしれない。

八雲はふとそう考えた。

浅はかで自分本位であるということではなく、自分でもどうしようもない感情を抱えているという意味で。

浅彦の深い悲しみは、おそらくもう自分ではどうにもできないくらい膨らんでしまっているのだ。

くだらないと思っていた浅彦の行動が不憫に思えてきた。八雲がこんなふうに思うのは初めてだったが、『すずの痛みを少しでも感じたい』という彼の思いが嘘ではないと感じたのだ。

すずの最期の言葉を聞いた八雲は、彼女の苦しみを背負いたいと思っている浅彦をこのまま放っておくこともできなくなった。すずは浅彦の幸せを願っていたからだ。

「浅彦。死神になる覚悟はあるか？」

「死神に？」

目を見開く浅彦は、八雲の問いに驚いた様子だ。

「死の期限が来るまでに、旅立つ魂に黄泉への道しるべとなる印をつけるのが私の仕事。そのとき、その者のこの世での無念をくみ取るのだが……」

「無念をくみ取る？」

「そうだ。すずも私が見送った」

「そう、でしたか……」

驚いた様子の浅彦は、目頭を押さえてしばらく黙り込む。

「……すずの無念もくみ取ってくださったのですね」

「あぁ」

詳しくは語れない八雲は、短い返事をして続ける。

「この世でのわだかまりや強い未練を持った魂は、次に生まれ変わるまでに時間がかかる。そのため、できるだけまっさらな状態で魂を黄泉に導かねばならぬ。しかし、死を目前にして激しく取り乱す者が多いので簡単ではない。罵声を浴びるのも珍しくはないが、どんな理由があろうとも魂を黄泉に送らなければならない」

無念の思いで冷たい水に入っていったであろうすずは、浅彦に言葉を残した。けれども、八雲はそれを伝えられない。生きし者の今後を大きく変えてしまう恐れがあるため、禁忌とされている行為だからだ。

しかし、みずからを傷つけ続ける浅彦をどうにかしてやりたいと心が動いた。それはおそらく、浅彦の行為が次の世ですずと結ばれたいという自分の願望ではなく、ただただ彼女への懺悔の気持ちから出ているものだと感じたからだ。

誰かの役に立つことで、罪の意識を軽減させてやれるのではないか。

八雲はそう考えたのだ。

「お前が今していることは、誰のためにもならぬ。すずが喜ぶと思っているのか？ただの自己満足だ」

八雲が厳しい言葉を投げつけると、浅彦は眉をひそめてうなだれた。

「体の傷を増やすより、死神になって人間の魂を導くほうが、お前のためになるのではないか？」

真剣な表情で聞いていた浅彦は、うなずき考え始めた。

「ただし、死神に〝死〟はやってこない。人間のように輪廻はしないのだ。だから、一度死神になったら死神として生き続けるしかない。すずの魂が輪廻して再び生を受けても、死神となったお前は会えなくなる。よく考えるといい」

話の最後に八雲が伝えると、浅彦は神妙な面持ちでうなずいた。

浅彦に覚悟を迫った夜も、八雲は死者の魂を送る儀式に出かけ、浅彦は屋敷にひとり残った。

丑三つ時を過ぎた頃に戻った八雲は、縁側で夜空を見上げている浅彦に気づいて近寄っていく。するとあぐらをかいていた浅彦は、正座し直し頭を下げた。

「寝ていなかったのか？」

「八雲さま。私を死神にしてください」

静かにそう口にする浅彦の目に力が戻りつつある。

「すずの魂には会えなくなるぞ。それに今後どれだけつらいことがあって死を願っても、死は永遠にやってこない」

重要な現実を繰り返し、念を押す。

「すずに合わせる顔などございません。八雲さまがすずを見送ってくださったと聞き、少し安心しました。生まれ変わった彼女が幸せであればそれでいい。もう私は彼女にかかわってはならないのです」

なんという残酷な結果なのだろう。

「八雲さまがすずの無念をくんでくださったのであれば、私も同じように働きたいのです。もうすずにはなにもしてやれませんが、それが私のせめてもの償いです」

せめてもの償いと言うが、そんなに簡単なものではない。しかし、彼のこの先を引き受けてもいいのかもしれないと八雲は思った。

何度も浅彦の決意を確認した八雲は、翌日の真夜中に、めったには行わない死神になるための儀式を執り行ったのだった。

愛するがゆえの葛藤

浅彦の過去を聞いた千鶴は、無意識に胸を手で押さえていた。痛くてたまらないのだ。

いつも笑顔を絶やさない浅彦に、そんな苦しい過去があるとは。おそらく今でもずずへの懺悔の気持ちでいっぱいなのだろうと容易に察しがつく。

「千鶴。大丈夫か？」

「はい。私は平気です」

浅彦の人生があまりに壮絶で息を吸うのも忘れそうだったが、なんとかうなずく。

以前『自由に愛を貫けないと、愛を叫びたくなります。反対されると、意地になる。愛を貫こうとする自分に酔い、恍惚感を味わいたいのです。愛だの恋だの……』と浅彦が口にしたが、それは自身を指していたのだと知った。

「浅彦さん、そんなに自分をお責めにならなくても……」

「そうだな。たしかに浅彦は誰の死にも直接関係していない。ただ、あいつはそういう男なのだ」

八雲は〝そういう男〟と曖昧に濁すけれども、千鶴もその意味は理解できた。真面目で優しくて不器用なのだ。それは多分、八雲も同じだが。

「すずさん、浅彦さんにそれほど強く想われて幸せでしょうね」

千鶴が思わず漏らすと、八雲は遠くに視線を送る。まるで黄泉に旅立ったすずを見つめているかのようだった。

「命を落とす羽目になったのにか？」

「それは残念ですけど、自分の命を惜しんでくれる人がいるのも、死してなお毎日のように思い出してもらえるのも、幸せだと思うのです」

千鶴は生贄の花嫁として三条家を出た日のことを考えていた。あの日、使用人仲間は、死の覚悟を決めて白無垢(しろむく)を纏った自分のために嘆き、涙してくれた。

千鶴も空に視線を移すと、心配する手を拒まれて距離を感じていた八雲にそっと腰を抱かれて驚く。

「私は千鶴の命が惜しいぞ。もしかしたらお前自身より、お前が旅立つ日が来るのが怖いかもしれない」

「そんな……」

きっと大げさに話しているのだろうが、千鶴はその言葉がうれしくて心に沁みた。

「……千鶴に出会わなければ、あのときの浅彦の感情が本当の意味では理解できなかっただろうな」

「どういうことですか？」

「浅彦とすずの間に起こった悲劇は、無念だっただろうと想像できる。しかし、旗本という良家に生まれ、将来を約束されていた浅彦が、すべてを捨ててすずを追いかけた心境がうまく呑み込めずにいた」

そうか。八雲はずっと愛という概念がわからずにいたからだ。

「今はおわかりに？」

「あぁ。理屈ではないと。体が、いや心が勝手に追いかけてしまったのだろう。浅彦にとってすずは、自分よりも大切な者だったのだな」

もしかして、私をそうだと思ってくれているの？

千鶴は八雲をまじまじと見つめてしまう。すると心なしか耳を赤くした八雲は、千鶴から顔をそむけた。

額の傷の手当てをしようとしたとき手を払いのけた八雲ではない。千鶴のよく知っている優しい彼だ。

千鶴は少しホッとしていた。

「今日の夕飯はなんだ？」

「里芋の煮物とイワシの佃煮(つくだに)です」

「楽しみだ」

食べずとも生きていけるくせに、八雲は楽しみだと言う。

「浅彦には私から声をかける」

「よろしくお願いします」

八雲は小さくうなずき、千鶴の手をさりげなく握ってから立ち上がって離れていった。

千鶴は握られた右手を左手で包み込む。

「私も八雲さまが大切です。自分よりずっと」

そして面と向かっては恥ずかしくて言えない言葉をこっそりつぶやいた。

浅彦はその後、徐々に元気を取り戻した。

「浅彦さま、けん玉上手にならないねー」

一之助が、いつまでたってもけん先に玉を刺せない浅彦をクスクス笑っている。一之助はもうとっくにできるようになっているのだ。

「できるさ。よーく見てろよ」

もう一度挑戦したものの、コツッと音がして弾かれる始末。

「おかしいな」

「やっぱりできない」

一之助がいてよかった。浅彦も一之助の前では大笑いしている。

これからもすずを思い出さない日はないだろう。けれど、もうそんなに自分を責めないでほしい。

千鶴はふたりの様子を眺めながらそんなことを考えていたが、どうしたら浅彦の心が軽くなるのかさっぱりわからなかった。

その後も八雲と浅彦の儀式は粛々と続けられている。

千鶴が屋敷に来るきっかけとなった流行風邪は今年の冬は蔓延せず、八雲たちもさほど忙しくはなかったのだが、突然死者の数が増えだした。

台帳に浮かぶ死因はほとんど焼死。

空気が乾くこの時季は火事が多い。どこかで火の手が上がると一気に燃え広がるのだ。

最近では海外製の蒸気ポンプで消火活動をすることも多く、以前に比べたら犠牲者も少なくなってきたのだが、ここ数日は多い。八雲と浅彦は毎日のようにせわしなく走り回っていた。

「お疲れさまでした」

その日は、東の空が白み始める頃になってふたりが戻ってきた。

千鶴が玄関の戸が開く音に気づいて布団を抜け出していくと、少し疲れた様子の浅彦が、ふぅと溜息をついた。

「お忙しかったのですね」

「そうですね。どうも……」

浅彦は言葉を濁し、ちらりと八雲に視線を送る。

「放火のようだ」

続いた八雲の言葉に千鶴は驚いた。

「放火？」

「火をつけた者は捕まっていない。死者台帳の人数も増えていく一方だから、しばらくは捕まらないのだろう」

険しい顔をして上がってきた八雲は、珍しく「お茶を淹れてくれないか」と千鶴に要求した。

千鶴が準備をして八雲の部屋に向かうと、ふたりはなにやら真剣に話をしている。

「失礼します」

「千鶴さま、ありがとうございます」

浅彦が丁寧にお礼を言う。

「死者はそんなに増えるのですか？」

千鶴はふたりにお茶を出しながら尋ねた。

「あぁ。数日後には今日の倍ほどに」

「倍！」

「その日に火災に巻き込まれた者だけでなく、大火傷を負い治療している者も亡くなっていくのだ」

八雲は淡々と事実を述べる。

すると今度は浅彦が話し始めた。

「街のあちこちで消防組や警察が警戒にあたっています。が、消火作業で疲弊していたり、その作業中に火事に巻き込まれて亡くなっていたりして、限界があるのです」

たしかに、消火活動に毎日のように駆り出されていては、巡回をする余力などないだろう。

「昨晩、三条紡績の近くでも火の手が上がり、三条家の当主が従業員の男たちを集めて夜間の警戒に当たらせ始めたそうですが、小石川全体をというのはいささか難しいようで」

「そう、ですか」

三条紡績の工員はほとんど女だ。男手が足りないのはわかるし、いくら地域のまとめ役を担っている三条家でも、さすがに小石川全体の警備まで買って出るのは困難なはずだ。

「そのため、八雲さまと私は昼間から街に向かうことになりそうです。それでも印をつけるだけで精いっぱいなんです」

〝印をつけるだけで精いっぱい〟というのは、いつものように死者の無念を丁寧にくみ取り黄泉へと送り出す余裕がないということだろう。しかし、印をつけそこなえば悪霊となってしまう。

「どうかよろしくお願いします」

千鶴が深々と頭を下げると、八雲は驚いた顔をしている。

「千鶴が頭を下げる必要はない。これは私たち死神の使命だ」

「あの……もし印がつけられず、悪霊になってしまったら、その悪霊はどうなるのでしょう」

ここに来てからそのような例はひとつもない。だから知らなかったので改めて尋ねると、難しい顔をした八雲が口を開く。

「一度悪霊になったものは、二度と輪廻の輪には戻れなくなる。街をさまよいだした悪霊は、生きし者への嫉妬から悪事を仕掛け、死へと追いやろうとする」

「えっ……。小石川の人たちはどうなってしまうのですか？　まさか、亡くなってしまうのですか？」

それではさらに死者が増える。

千鶴の脳裏には、ともに支え合ってきた三条家の使用人仲間の顔が浮かんだ。

「そうした事態にならないように、私たちが消す」

「消す？」

悪霊はこの世でさまよい続けるのだと思い込んでいた千鶴は、消すという言葉に衝撃を受けた。

「そうだ。消せば、悪霊となった魂は永遠に消える」

ひとたび悪霊が生まれれば、輪廻して次の世に生まれ変わるはずだった魂は消えていかざるをえないようだ。

だからこそ、旅立つ魂が悪霊にならないように、八雲たちは必死に走り回っているのか。

「心配しなくていい。私たちはそうならないようにするために動いている」

顔が険しかったのかもしれない。忙しくしている八雲に気を使わせてしまった。

「だが、しばらくは昼夜問わず出かけることが多くなる。一之助を頼んだぞ」

「もちろんです」

こんなときにできるのは、一之助を守ることくらいだ。

千鶴はふたりの手助けができないのを残念に思いながらも、活躍を祈った。

それからは想像をはるかに上回る忙しさが待っていた。放火犯が捕まらず、毎晩のようにどこからか出火しているありさま。しかも風が強い最近は、一度燃えだすと多くの人々が犠牲になる。

八雲と浅彦は一日のかなりの時間を小石川で過ごし、時折帰ってくるだけ。しかも増え続ける死者の数に対応できなくなり、まだ見習いの浅彦もひとりで儀式を始めた。それでも丁寧な送り出しは叶わず、瀕死の人々の眉間に印をつけるので精いっぱいだそうだ。

「千鶴さま。八雲さまたちがいないとさみしいね」

「そうね。でも、小石川の人たちが大変なの。もう少し辛抱してね」

一之助とふたりきりの夕食は静かすぎる。八雲は口数が多いほうではないが、浅彦がいつも場を盛り上げてくれるからだ。その浅彦が悲しい過去を抱えていたとは知らなかったのだけれど。

千鶴は『もう少し辛抱してね』と一之助に話したが、実はしばらくこの状態が続く。

しかし、八雲も浅彦もほんのわずかでも時間があれば千鶴や一之助の顔を見に戻ってくる。一之助はそんなときは盛大に甘え、千鶴は八雲が視線を合わせてくれるだけで安心した。

小石川で起こっている連続放火の現場は、凄惨としか言いようがない。

千鶴が生贄となるきっかけとなった流行風邪のときの死者もおびただしい数に上ったが、それ以上だ。ひどいときは一晩で十数人もの魂を黄泉に送らねばならず、とてもゆっくり最期の言葉に耳を傾ける余裕などなかった。

そのうち大火傷を負った者も次々と亡くなり始め、とうとう浅彦をひとり立ちさせる事態となった。

「八雲さま。こちらの四人は私がまいります」

台帳をふたりで覗き込み、役割を分けなければならない。

「すまない」

浅彦は自身に過酷な過去の経験もあり、まだ心が安定しない。すずを思い出すのだろう。男女の情のもつれによる死のときは激しく取り乱すし、そうでなくてもあまりに理不尽な死に方の場合は、怒りをにじませ冷静さを失う。

ほかにも、死に抗いたくて暴れる人間にひるむところもみられる。

できる限り未練を吐き出させて黄泉に送る努力はしているが、中にはまったく聞く耳を持たず泣き喚(わめ)くだけで時間が迫り、やむをえず印をつけるという局面もある。そんなときの浅彦は、屈強な体つきに似合わず腰が引けているのだ。自身の過去も人間であり、すずとの幸せな時間を突然失った経験があるため、生に執着する気持ちを理解しすぎてしまうのだろう。

浅彦は真面目で黙々と働くが、死神としての適性があるかと問われると返事に迷う。優しすぎるのだ。

しかしもう人間には戻れぬし、死神としてその役割をまっとうしたいという気持ちは十分感じる。もう少し見習いとして経験を積ませるつもりだったが、心の準備をする暇もなくひとりで儀式を行わなければならなくなった。

放火犯はまったく捕まらない。というのも、消防組だけでなく警察も火を消したり逃げ惑う人々を誘導したりと、やることだらけで手が足りないのだ。

死神はあくまで魂を黄泉に送るだけ。万が一犯人を見つけたとしてもどうにもできないのだが、命は助かってもひどい火傷を負い、この先何年も苦しみ続ける者がいると思うと、儀式の合間に目が犯人を捜してしまう。

けれども、これほど小石川の街中を行き来していても、犯人らしき人物は見当たらなかった。

「八雲さま」

時折浅彦と合流するのは、彼の様子を探るため。心が折れているようならば、自分がすべての儀式をこなさなければならないと八雲は考えていた。

「どうだ？」

「三人送りました。ふたりは火傷がひどく話などできない状態で、あとのひとりは、なかば無理やりになってしまいました。すみません」

「仕方なかろう」

こうした突発的な火災が原因で亡くなる場合、家屋とともに燃え尽きてしまう人間もいるのが現状だ。すずのような溺死もそうだが、死因が火傷などになっている場合は、できるだけ早くその者に印をつけに行く。いくら死神でも燃え落ちそうな家屋に入っていくのは困難だからだ。かといって、対象となる者に死を意識させるのが早すぎれば、苦痛な時間を長引かせることにもなるため難しい。

つい数分前まで死など考えたことがない人間は、当然死を受け入れられない。そのため、馬鹿なことをと罵られるのはまだしも、ときには激しい抵抗にあう。今回はそうした場面も多く、浅彦は精神的に追い詰められているようにも感じる。

「もうひとりは私が行こう」

「いいえ。八雲さまもまだ儀式が残っておいででは？　私が参ります」

たしかにそうだが、八雲は浅彦の顔色の悪さが気になっていた。

悪い予感が当たってしまったとわかったのは、それから一時間ほどあとのこと。風にあおられて広がった火がようやく下火となり、三日前に火傷を負って療養していた老女に印をつけ終わったときのことだった。

魂が抜けたようにうつろな目をしてふらふらと現れた浅彦は、「申し訳ありません」といきなり深く頭を下げた。

浅彦の顔はすすで真っ黒になっている。

「どうした？」

「激しい拒否にあい、印をつけられないでいるうちに火が回ってしまい……」

「間に合わなかったのか？」

尋ねると、肩を落とした浅彦は唇を嚙みしめてうなずく。

「そうか。仕方がない。悪霊は私が捜そう。お前は先に屋敷に戻れ」

「いえ、私の責任です。私が捜します」

「お前にはなにもできぬ。悪霊の気配を感じることもできなければ、消す能力もない」

責任感の強い浅彦が残ると言うのはわかっていたが、八雲はあえて突き放す。浅彦の心が壊れる寸前まで来ていると感じたからだ。

「ですが」

「これは命令だ。おそらく今日は見つからないだろう。私もすぐに戻る。千鶴や一之助も心配だしな」

八雲もかなり疲れていた。台帳に載る魂をひとつも取りこぼしてはならないという緊張感が続くのがこたえている。

浅彦を無理やり屋敷に帰したあと、焦げたにおいが漂う小石川を目を凝らしながら歩く。人影まばらなこの時間はどこかに身をひそめているに違いなく、悪霊の気配は感じられない。

悪霊を消したのは、もう覚えていないくらい昔の話だ。すずのように入水自殺を試みた女だったが、夫がありながら不貞を働き身ごもったため、困り果てた末の行為だった。

そのような不貞が明るみに出れば夫に切り捨てられても文句は言えず、切り捨てた夫も罪には問われないような時代。夫に殺されるか、みずから逝くかの選択を迫られた女は、八雲が姿を現すと夫の手先と勘違いして逃げ惑い、橋から身を投げて、あっという間に流されてしまった。

自分の失態のせいで生まれてしまった悪霊を消したときの嫌な感覚を鮮明に覚えている八雲は、たとえ無理やりになったとしても、儀式の遂行を優先している。

千鶴や一之助も心配だが、自分を責めているだろう浅彦が一番気がかりだった。

「一旦戻るか」

とある日の深夜、浅彦が真っ青な顔をしてひとりで戻ってきた。

「浅彦さん、お疲れさまでした」

千鶴がねぎらっても、いつものように笑顔を見せないので胸騒ぎがする。

「どうかされましたか？」

なにも黄泉に旅立つのは火事の犠牲者ばかりではない。今まで通り病での死者などももちろんいる。もしかして、また男女の色恋沙汰での心中でもあったのではと千鶴は緊張したが、浅彦はいきなり「申し訳ありません」とその場に頽れた。

「なにがです？　どうしたんですか？」

慌てる千鶴が浅彦の肩に手を置き尋ねるも、動揺しているのか視線をさまよわせて口を開こうとしない。そうしているうちに、疲れた様子の八雲も戻ってきた。

「八雲さま、申し訳ありません」

すると浅彦は八雲にも深く頭を下げる。

「お前は精いっぱいやった。仕方がない」

なにがあったのだろう。千鶴は気になったが自分が口を挟んでいいものかどうか判断がつかず黙っていた。

「千鶴。少し休んだらもう一度出る」

「承知しました」

「浅彦も休め。あとは私が対処する。心配せずともよい」

「……はい」

肩を落とした浅彦が、八雲から離れていく。

「なにかあったんですか？」

「浅彦に任せた儀式が間に合わなかったのだ」

「間に合わなかった？　それじゃあ……」

「魂がひとつ、悪霊となってしまった」

八雲は苦々しい顔をする。

「その悪霊は……」

「私が追ったが姿を隠したようだ。だが、必ず見つけて消す」

簡単に『消す』と口にしている八雲だが、おそらく無念なはずだ。けれども、悪霊を放置するわけにはいかない。

とはいえ、八雲が強く浅彦を叱らないのは、突然ひとりで儀式を任されて必死に走り回っていたのを知っているからに違いない。

「千鶴。浅彦にお茶を持っていってくれないか」

「承知しました。八雲さまにもお持ちします」

いつもは当主の八雲が先。でも今日は、浅彦に先に持っていこう。八雲もそれを望んでいる。

千鶴は、今自分にできるのは、ふたりに十分な休息を取ってもらうことだと考え、心を込めてお茶を淹れた。

浅彦が儀式に失敗しても、叱りつける気にはならなかった。見習いなのに儀式を任せたのだから、すべての責任は自分にある。

激しく取り乱す浅彦を心配する千鶴に事情を話すと、彼女が胸を痛めているのが伝わってきた。

千鶴は、他者の苦悩を自分のことのように受け取りがちだ。だからこそ自分が守ってやらなければと思うのだが、走り回っていて余裕がない今は、つい彼女に頼ってしまう。

千鶴に浅彦のところにお茶を運ぶよう頼んだのは、自分が慰めに行くより彼女の笑顔のほうが効果があると思ったからだ。

その後、戻ってきて自分にもお茶を出してくれた千鶴は、口を開いた。

「浅彦さん、落ち込んでいましたけど、『ありがとうございます』と言ってくださいました。きっと大丈夫です」

あぁ、千鶴のこういう気遣いのできるところがとても愛おしい。

自分も不安でそわそわしているだろうに、それをおくびにも出さず前向きな言葉を口にする。疲弊した状態だからか、こうした優しさが余計に身に沁みる。

八雲は改めて、千鶴という存在の大きさを思い知った。

「そうだな。たまたま浅彦が向かった先で起こっただけ。私が行っても結果は同じだったかもしれない。あとは私が対処する」

奉公先の三条家でつらい時間を過ごしたとはいえ、千鶴にとって小石川は使用人仲間も暮らす大切な場所のはずだ。だからこそ千鶴は、流行風邪が蔓延したとき苦渋の思いで生贄となり、死の連鎖を断ち切ろうとした。その小石川は必ず守らねばと八雲は思った。

「よろしくお願いします。それにしても、いつになったら放火犯は捕まるのでしょう」

その問いに返す言葉がない。悪霊を出さないようにすることはできても、放火犯を捕まえるのは死神の仕事ではないからだ。

「それは私には……」

「そうですよね。すみません」

千鶴は悲しそうな顔をしながらも口角を上げる。八雲は不安げな彼女を抱き寄せた。こうしていると八雲自身も癒されるのだ。

けれども、千鶴が緊張しているように感じた八雲は疑問を抱いた。夫婦になったばかりの頃は少し触れるだけで頬を真っ赤に染めて体を硬くしていたが、最近では自分に身をゆだねるようになっていたのに、どうしたのだろう。

もしかしたら……傷を作ったとき、心配する彼女の手を反射的に拒んでしまったからだろうか。

八雲にはそれくらいしか思い当たらない。

あのとき千鶴を拒否したのは、死神の体に流れる血に理由がある。わずかでもこの血を体内に取り込み、とある呪文を唱えると人間も死神になるのだ。

浅彦を死神にしたときも、お神酒に自分の血を混ぜて飲ませて呪文を口にした。

この呪文は、死神であれば誰もが知っている。千鶴が自分の血を体内に取り込んでしまうと、呪文を唱えられたら死神になってしまうのだ。

八雲が千鶴の手をはたいてまで血に触れさせないようにしたのは、浅彦を死神にしてしまったのを後悔しているからだ。

やはり台帳通り死を迎え、その魂を輪廻させてやるべきだったと、毎日のように考えている。

魂は肉体の死とともに過去の記憶を忘れ去るのだが、死の機会を失った浅彦は、後悔の念を忘れることもできない。

おそらく浅彦は、死神の道を選んだことに悔いはないと言うだろうが、八雲はもう二度と人間にあの儀式を行うつもりはない。

八雲自身、永遠に死が訪れないのは、一見幸福のようでそうではないと知っている。

そのため、千鶴を死神の世界に引きずり込みたくはないのだ。

けれど、死神となれば魂の輪廻を経験しなくて済む。ずっと千鶴を自分のそばに置いておけるという自分勝手な欲望も顔を出す。

千鶴が旅立つときは自分が印をつけ、その魂が輪廻して再び戻ってくるのを待つ覚悟はある。

魂は前世の記憶を失うが、強い結びつきがあると次の世でも近くに生まれるという。

だから千鶴もきっと近くに生まれ落ちると信じている。

その一方で、死神の自分と人間の千鶴が心を通わせられたのは奇跡だと感じている八雲は、次の世で一緒にいられる可能性が決して高いものではないのも知っていた。それでも再び出会えるまでいつまでも待つつもりだが、いっそ千鶴を死神にしてしまえばそれを考える必要もなく、永遠に一緒にいられる。

人間の千鶴と死神の自分が心を通わせられる幸せを嚙みしめていたのに、永遠に千鶴をそばに置きたいと欲が出た。

八雲は自分の心の中にこんなに自分本位で醜い感情があると気づいて、自分であきれている。けれども、どうしようもないのだ。千鶴を求める心は止まらない。

千鶴に出会ったことで、すずを追いかけて引き止めた浅彦の気持ちが痛いほどわかった。誰かを愛し、求める気持ちは抑えられるものではないのだと。

それが浅彦を死神にしてしまったという後悔に拍車をかけている。人間同士のふたりなら、輪廻の先に希望もあったからだ。

「千鶴……。いや、なんでもない」

八雲は心配する手を拒否したのは血に触れてほしくなかったからだと言おうとしたが、口を閉ざした。千鶴にこの血を飲ませて死神にしてしまいたいという欲望が心の片隅にあるのだから、平然と千鶴のためだなんて偽善ぶるのははばかられた。

「もうお休みになったほうがいいですよね。八雲さまがお戻りになったのがうれしくて甘えてしまいました」

体を離した千鶴が恥ずかしそうに気持ちを口にするのが、八雲はうれしくてたまらない。あの手を拒否して心に溝ができたのではないかと憂慮したばかりだから余計に。

「私も千鶴の顔が見られて癒された。しばらく忙しさは続くが、一之助を頼む」

「もちろんです」

八雲ははにかむ千鶴が愛おしくて、気がつけば唇を重ねていた。

しばしの休息のあと、疲れきっている浅彦を屋敷に残して儀式に向かおうとしたが、「もう失敗はしません。連れていってください」と懇願してくる。責任感の強い浅彦は、生みだしてしまった悪霊を自分でなんとかしなければと考えているに違いない。しかし、浅彦にはその力がまだ備わっていないのが現実だ。

「八雲さま、お願いです」

「……わかった。ただし、悪霊は私が消す。お前は死神としての役割をひたすら果たせ」

「承知しました」

今は、やはり手が足りない。それに、この先同じようなことがあったとき、また逃げるわけにはいかないからだ。それではいつまで経っても、浅彦が望む一人前の死神にはなれない。

覚悟を決めたような浅彦を伴い小石川に戻ると、再び放火されて炎が上がっていた。しかも今日は一ヵ所ではなく、消防組が途方に暮れている。

八雲の前を、破れた着物を纏い顔をすすだらけにした男児がひとり寂しそうに歩いていく。家や家族をなくしたのかもしれない。印をつけるだけで精いっぱいの今は、どの魂の子供だったのか知る由もない。

何人もの魂に印をつけたあと、同じように儀式をしてきた浅彦と合流した。今日はあとふたりの魂を送らなければならない。

「まだ子が中にいるんです！」

とある家の前では、母親らしき女が泣きじゃくり消防組に訴えていた。中に飛び込んでいこうとする父親らしき男は、近所の住民数人に押さえられている。

中の子はあとわずかで旅立つ運命だ。それを知っている浅彦は、苦しげに眉をひそめた。

「浅彦、ここは私が」

浅彦には、放火とは関係がない病で死を迎える魂の儀式を指示し、八雲は姿を消して隣家から火が燃え移った家屋に入っていく。

中はすでに煙が充満していて、奥の部屋でうずくまり震えている女児を見つけた。

八雲が姿を現すと、涙でぐしゃぐしゃになった顔をさらにゆがませる。

「助けて！」

「正子か？」

「そう。母ちゃんに会いたいの」

台帳にあった名を呼ぶと安心したのか八雲に抱きついてきた。しかし八雲はこれから彼女に死を告げなければならない。

「残念だが、もう父や母には会えない」

「なんで？」

「正子は黄泉というところに行くんだ。少し怖いかもしれないが、黄泉に行けば痛みも苦しさもない」

八雲が言い聞かせるように話すと、正子は理解したのかしていないのか八雲を凝視する。

「そんなところには行かないよ。明日、父ちゃんの畑を手伝う約束をしているの」

正子は無邪気に話す。しかし、死の期限は着々と迫っている。

「これから私が正子に黄泉に行ける印をつける。そうしたら迷わずに黄泉にたどり着く」

「嫌。父ちゃんと母ちゃんのところに行くの！」

不穏な空気を感じ取ったのか、正子は部屋の入口のほうへと走る。その瞬間、燃える柱が正子の頭をめがけて落ちてきて、八雲はとっさに腕を出しかばってしまった。

死にゆく者を黙って見送るのが死神の仕事だ。すずのときもそうだった。けれども、自分の命を差し出す覚悟で白無垢を纏った千鶴と出会ってから、こうした場面では非情になりきれなくなっている。

正子の死因は窒息死だ。おそらく火に焼かれる前に煙にやられて命を落とす。あの柱に当たっても致命傷とはならなかっただろう。人間の運命に手を加えることは本来してはならないが、正子の痛みが少しでも軽減できたのならと八雲は思った。

「正子、申し訳ない。もう時間だ。来世では幸せになりなさい」

八雲は正子の額に印をつけ、「母ちゃん!」と泣き叫ぶ彼女を置いて姿を消した。

柱が当たった腕は切れ、血が滴る。八雲は着物の袂で押さえてその場を離れた。

両親を呼ぶ正子の叫びと、正子を助けるためになりふり構わず火の中に突っ込もうとする父。そして、もはや正気を失った母。

こんな三人を前にしても、八雲にもうできることはない。千鶴は死神の仕事に感謝の意を示すが、自分は無力なのだ。

「千鶴、すまない」

きっと千鶴がこの光景を見たら涙をこぼすに違いない。しかし八雲を責めることもまたないはずだ。

死神の妻として、無念を呑み込みあるがままの現実を受け止める。もしかしたら千鶴は、自分より死神の役割を理解しているのではないかと八雲は思う。

再び浅彦と合流すると、怪我に目を丸くされた。

「八雲さま、その傷は……」

「たいしたことはない。屋敷に戻るぞ」

正子の最期の叫びが耳に残ったまま消えない。何度も同じような残酷な旅立ちに遭遇してきたはずだが、感情が揺さぶられるのは、やはり千鶴に出会ってからだ。それまでは、それらを淡々と受け止めるのが当然だと思い込んでいたため、自分が苦しいのか悲しいのかすらよくわかっていなかった。けれど、千鶴が教えてくれたのだ。

それに気づいた瞬間から、正子のような凄惨な死に際に接するたびに、以前より大きく感情が揺れる。しかし、これがつらいという感情なのだとわかったことで、腑に落ちなかった胸のもやもやや、得体のしれない息苦しさからは解放されたのだった。

ちょうど正子の魂が旅立った頃、ふたりは屋敷の玄関の前にいた。

八雲は薄明を迎えた空を見上げて正子の来世の幸せを願う。

戸を開けるといつものように千鶴が飛んで出てきたが、彼女は表情を曇らせる。

「八雲さま、お怪我を……」

「触れるな！」

千鶴の手が傷に伸びてきて、とっさに大声が出てしまった。

彼女の心配を拒否したのはもう二度目だ。

万が一にでも彼女の体内にこの血が入るようなことがあれば、ずっとそばに置いておきたい自分は呪文を唱えたくなるだろう。

いや、大切だからこそ人間として死を迎えさせてやりたい。死という分岐点で新たな道を選べる可能性を残しておいてやりたい。いつか自分をいらないと思う日が来るかもしれないのだから。

そんな葛藤が八雲の胸の中に渦巻き、身勝手な衝動をこらえきれなくなるときのために、千鶴には血に触れさせたくないのだ。

「申し訳ありません」

顔を引きつらせる千鶴を見て、あからさまな拒否の態度を示したのを後悔した八雲は、死神の血の力について説明しようかとも考えた。しかし、そうすると必然的に自分の心の中の葛藤も暴露しなくてはならない。それに優しい千鶴は、死神になる道を選ぶと言いだしかねない。

自分の欲望のために、千鶴を犠牲にするのだけは絶対に避けなければ。

そう考えた八雲は、口を閉ざしたまま部屋に向かった。

怪我が心配で伸ばした手を八雲に再び拒まれた千鶴は、引き下がるしかなかった。

八雲はばつの悪そうな顔をするが、怪我をした左手首あたりを右手で押さえるだけで千鶴には見せようとしない。ふたりの様子をうかがっていた浅彦は、素早く着物の胸元から懐紙を取り出して床に落ちた血痕を丁寧に拭き取った。

「千鶴さま。八雲さまの手は私が」

「はい。お願いします」

八雲は自分に弱みを見せたくないのかもしれない。

そう感じた千鶴は浅彦に従った。

夫婦となったのに怪我の治療を拒まれるなんて、やはり距離を感じる。

八雲はいつも自分がどこにいてなにをしているのか把握しているようだし、話しかければ優しい目を向けてくれる。なにより閨（ねや）を共にする夜は、普段はほとんど口にしない愛の言葉をささやく八雲が、たまらなく幸せな時間をもたらしてくれる。

それなのに先日からの拒否はなんなのだろう。妻なのだから、夫の体の心配をするのはあたり前だと思うのだけれど、死神にはそうした習慣がないのか……。いや、弱っているときは近づかれたくないのだろうか。

浅彦の過去について教えてくれたときは、いつもの八雲だと安心したのに、また逆戻りだ。

寂しさを感じる千鶴だったが、疲れているふたりの前で暗い顔はできないと朝食をこしらえ始めた。最近は一之助とふたりきりの食事が多く、彼が寂しそうにしているので、ようやく団らんのときを持てると千鶴も楽しみなのだ。

一之助の好物の芋粥に凍み豆腐、大根のみそ汁を用意して広間に運ぶ。

八雲の部屋の前で廊下から声をかけると浅彦から返事があり、そのまま一之助を呼びに向かった。一之助は大喜びでバタバタと縁側を走り、ちょうど八雲の部屋から出てきた浅彦に飛びつく。

「一之助、走ってはいけないと何度も教えたぞ」

「だって、八雲さまと浅彦さまが一緒にご飯を食べてくれるから！」

浅彦は一之助の言葉がうれしかったらしく、帰ってきたときとは比べものにならない柔らかな表情で一之助を抱き上げて広間に向かう。やはり一之助の笑顔は疲弊しているふたりにとって最高の癒しとなっているようだ。

千鶴も追いかけようとすると、着物を着替えた八雲も出てきた。彼は無意識なのか右手で左手首を押さえている。

「お怪我は大丈夫ですか？」

「あぁ、大したことはないから心配いらない」

「よかったです」

なんともよそよそしい会話に溜息が出そうだ。

けれども、もし八雲が自分に弱い部分を見られたくないというのであれば、これ以上詮索するのはよくないと思い、千鶴は口を閉ざした。

久々の四人そろっての朝食は、一之助のはしゃぎっぷりがすさまじい。

「一之助。口の中のものがなくなってからしか話してはならぬ」

箸を片手にずっと話をしている一之助に、八雲が仕方なく注意した。

「まだ一昨日までの話しかしてません」

「千鶴さまにたくさん遊んでもらったし、手伝いもしてくれたのだな」

ふたりがいなかった時間の出来事を延々と話し続ける一之助に、浅彦は苦笑している。

「よくやってくれている。頼りにしているぞ、一之助」

八雲がさらりと褒めるのが微笑ましい。

両親に愛された記憶が少ない一之助は、嫌われまいと必死なのではないかと千鶴は感じている。おそらく八雲も気づいていて、こうして時折優しい言葉をかけるのだ。

先ほどとは別人だわ……。

千鶴はそんなことを考えながらみそ汁を口に運んだ。

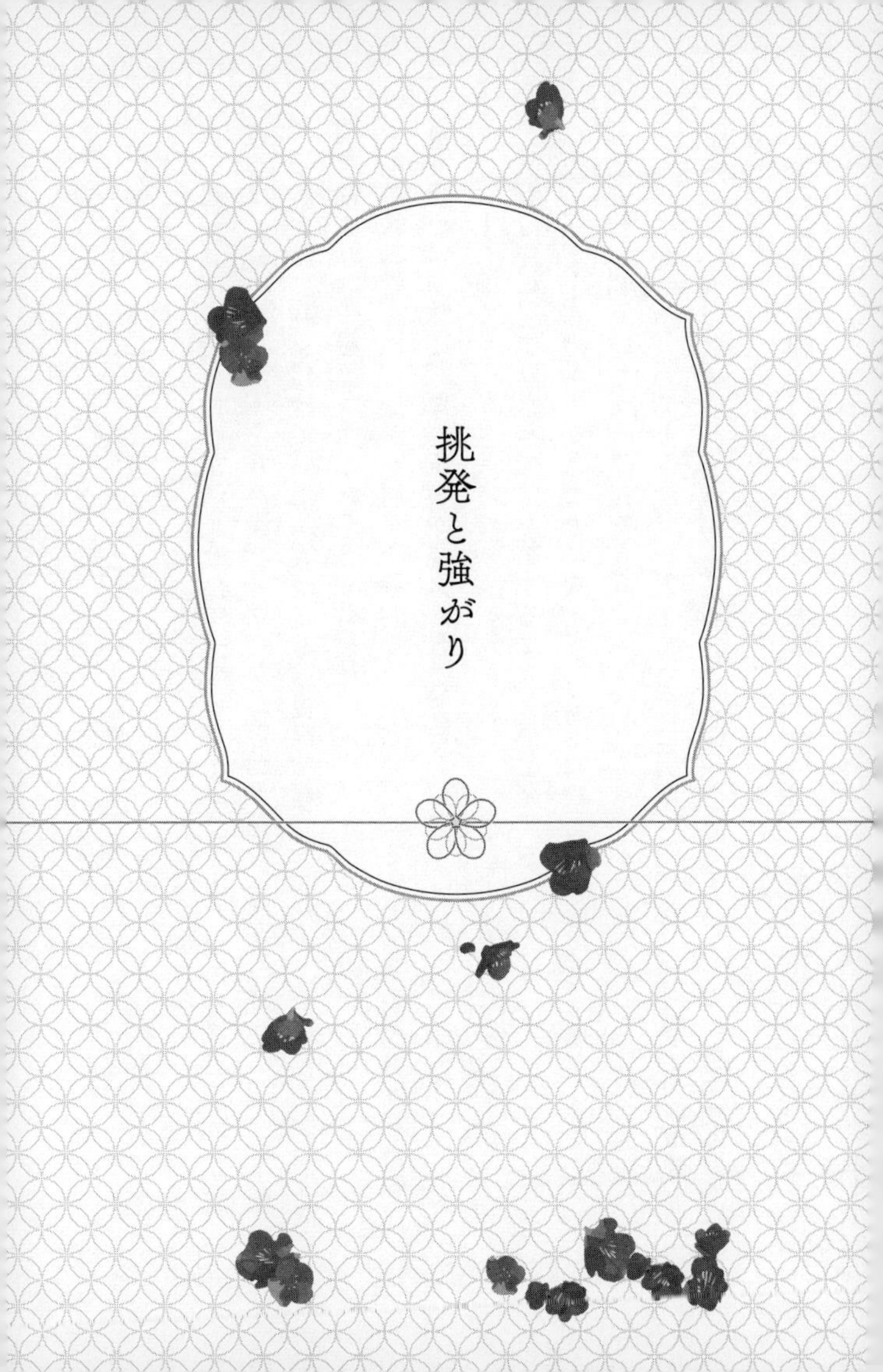

挑発と強がり

千鶴が食事の後片付けを済ませた頃。すすやほこりで汚れた体を風呂で洗い流した八雲は、続いて湯浴(ゆあ)みをした浅彦と話しながら廊下を歩いてきた。

浅彦の話に耳を傾けていた八雲は、ふと視線を庭先に向ける。すると浅彦の表情も引き締まり、千鶴はなにごとかと身構えた。

梅の木の近くに、上がり眉が印象的な男が立っている。大柄のその男は着物の合わせがはだけ気味で、厚い胸板が見え隠れしていた。

「なにしに来た」

八雲はその男に向かってけん制するような声を発する。

「いやぁ、小石川が大変なことになっているみたいだし、心配して来たんだよ」

随分軽い物言いだが、誰だろう。

左目にかかる長い前髪をサラッと手でよけた男は、八雲に負けず劣らず端整な顔立ちをしている。着崩した着物姿は一見だらしなくも思えたが、この男の雰囲気には合っていた。

この館には人間は自由に入ってこられないのだし……ということは、彼も死神だろうか。

千鶴は首を傾げながら、不安そうな一之助を強く抱きしめる。

「そうか。だが、松葉には関係ない。忙しいのだ。出ていってくれ」

どうやら男は、〝松葉〟という名らしい。

「人間を弟子にしたと思えば、足を引っ張られるとは残念だねぇ」

松葉は浅彦に視線を移して、あざ笑うかのように言う。儀式に失敗したのを知っているようだ。

「足を引っ張られてなどいない。用がないなら帰れ」

八雲は、今度は強い口調で命じた。しかし松葉はニヤニヤ笑っているだけで動こうとしない。

「そこの見習いさんはまたやらかすさ。悪霊をいくつも生み出すから、台帳の死者の数が増えているはずだ」

今後しばらくは死者が増えるのが確実だからか、浅彦は険しい顔で唇を噛みしめる。

「私は帰れと言っている」

怒気のこもった八雲の声は、一瞬にして周囲の空気を凍らせた。しかし松葉は素知らぬ顔をして続ける。

「また人間を拾ってきたと死神たちの間でもっぱらの噂になっていたが、その女か」

松葉に興味本位な視線を向けられた千鶴は表情を硬くした。すると千鶴を隠すように、すっと八雲が立ちふさがる。

「お前には関係ない」

「物好きは変わらないのだな。今度は嫁にしたとか。人間など苦しんで逝けばいいのに」

憎しみがこもったかのような声が千鶴の胸に突き刺さる。松葉も黄泉行きを宣告された人間に日々罵倒されて、怒りが募っているのかもしれない。

「お前の考えなど知らぬ。もう二度と来るな」

なかなか帰らない松葉にしびれを切らした八雲が庭に下りていこうとすると、松葉は「わかったよ」と踵を返す。

「お前も気に入らないんだよ」

最後にぼそりと漏らした松葉は、門から出ていった。

「千鶴」

「は、はい」

唐突に名を呼ばれた千鶴は驚き、慌てて返事をする。

「松葉は牛込のあたりの死神だ。こうして自由に行き来できるが、少々厄介なやつなのだ。私はもう行かねばならないが、松葉が来ても門を開けてはならない」

「承知しました」

今までは来客などなかったため、門は常に開け放たれていた。けれどもふたりが出ていったあとは、きちんと閂(かんぬき)をしておこう。

そのあとすぐ、松葉に『また失敗する』と煽(あお)られた浅彦を連れて、八雲は小石川に向かった。八雲は浅彦の心労を心配していたが、やはり手が足りないのだ。

松葉という、知らなかった――しかも印象のよくない存在に出会い、緊張する千鶴だったが、一之助を守らなければならない。気持ちを引き締めて、一之助に不安が伝わらないように笑顔を心がけた。

太陽が西に傾いてきた頃、なにかがカタンと音を立てたのに気づいた千鶴は、自室から出て玄関を確認する。すると、しっかり閉めておいたはずの閂が落ちていて背筋が凍った。

「一之助くん！」

とっさに昼寝をしている一之助のそばに行かなければと考え、廊下を走りだしたが、目の前に松葉が現れて目を瞠る。

「な、なんですか？」

「俺を警戒して結界を張ったようだが、こんなにあっさり破れるとは。よほど疲れているのか、八雲の力が衰えたのか」

自分と一之助のために、八雲が疲れた体に鞭打って結界を張ってくれたとは知らなかった。

「八雲さまのお力が弱まったわけではありません」

八雲を馬鹿にしたような物言いが癪に障り、思わず言い返してしまった。

「威勢のいい女だな。俺が怖くないのか？」

八雲と浅彦以外の死神について深く考えたことがなかった千鶴は、ほかの死神がどんな存在なのかを知らない。けれど八雲が『少々厄介なやつ』と口にしていたのを思い出して、警戒の目を向けた。

「帰っていただけますか？　ここは八雲さまのお屋敷です」

絶対に一之助に危害が加えられるようなことがあってはならない。

千鶴は緊張で手に汗握りながらも毅然と主張する。

「お前は、俺が知っている人間とは少々違うようだな」

鼻で笑う松葉が距離を縮めてくるので、一歩あとずさった。

「なんの用ですか？　今、八雲さまはいらっしゃいません。出直してください」

「いないことくらいわかっているさ。だから来たんだからね。お前に用がある」

「私？」

指をさされた千鶴は腰を抜かしそうになったが、なんとか持ちこたえる。

「俺は常々八雲が気に入らないのだ。愚かな人間たちのために、なぜあんなに丁寧な見送りをする必要がある。八雲がくだらない見送りを始めたから、周辺の死神たちが真似をし始めている。死神の権威も落ちたものだ」

松葉は八雲の行動に腹を立てているらしい。

「たしかに人間は愚かです。でも、八雲さまの行為が愚かだとは思いません」

千鶴は額や腕に傷を作って帰ってきた八雲を思い浮かべながら話す。

「八雲さまに胸の内を洗いざらい聞いてもらうだけで、穏やかに旅立てる魂がたくさんあります。私たち人間のために、八雲さまが怪我をしたり苦しい思いをしたりされるのは申し訳ないです。ですが、きっと輪廻する魂は感謝しているはず」

自分の魂も、千鶴という名の人間として生を受ける前は、死神に黄泉に送られたのだろう。そのときの記憶はまったく残ってはいないが、八雲のような死神に看取られたら、死後の世界という想像がつかないせいで恐ろしく感じる場所ですら、安心して向かえたような気がする。

「人間のことなんて知るか。暴れて面倒なだけだ」

やはり松葉も嫌な経験があるのだと千鶴は察した。

「あなたがどう印をつけるかまで、私たち人間がどうこう言う資格はありません。悪霊にならないだけありがたい。ですが、八雲さまは八雲さま。周辺の死神たちが真似をし始めているとおっしゃいましたが、八雲さまの行為をよかれと思われての結果でしょうから、権威が落ちたというのは違うかと」

千鶴がよく知る死神は、八雲と浅彦だけ。だから本来は恐ろしい存在で、こんな反論をしたらなにかされる可能性もある。八雲も〝厄介〟と言っていたし。けれども、いつの間にかムキになって反論していた。

「へぇ。やっぱり人間は馬鹿だな。なにが八雲さまだ。くだらん仕事を増やしただけの迷惑な死神だ」

「八雲さまの仕事をけなさないでください。それをあなたが真似するかどうかはまた別の問題です。私たち人間から、八雲さまのように丁寧に魂を送り出してほしいとお願いできませんから」

人間からの暴言や暴力で傷つく八雲も知っている千鶴は、そうとしか言えない。八雲の善意を松葉にも押しつけるつもりはない。

「そもそもお前たち人間がこちらの世界にいるのがおかしい」

「そうですね。私は本来ここにいるべき存在ではないのかもしれません」

今となっては八雲の妻に収まった千鶴だが、人間の都合で無理やり押しかけて娶ってほしいと懇願したのだから、追い返されても仕方がなかった。松葉のような死神の立場から見れば、こちらの世界にいるのが不思議な存在に違いない。

「わかっているのに居座っているのか。八雲が、実はお前を迷惑だと思っていたらどうする？」

「迷惑？」

考えてもいなかったことに触れられて、千鶴は目を見開いた。

「そうだ。どうしてお前が八雲の嫁になったか知らないが、あのおせっかい焼きのことだ。お前を憐れんで置いているだけではないのか？　本当は帰ってほしいのにね」

違う。八雲とはたしかに心がつながっている……と、千鶴は心の中で反発したが、額や手の治療を頑なに拒まれたのを思い出して目が泳ぐ。

八雲の愛を疑いはしないが、死神と人間という本来はありえない間柄の婚姻は、人間同士より乗り越えるべきものが多いのかも。いや、乗り越えられないなにかが存在するのかもしれないという不安がよぎったのだ。

「そんな……」

「確かめてやろうか？」

「えっ？」

結構ですと言うべきなのに、どうしたら確かめられるのだろうと、千鶴は考えてしまった。

「お前がいなくなったら八雲はどうするかな」

「んっ」

距離を空けて話していたはずなのに、一瞬にして目の前に移動してきた松葉に首を軽く絞められた千鶴は、それきり意識を手放してしまった。

千鶴がゆっくり目を開くと、広い部屋に横たわっていた。しかし見慣れない天井が視界に入り、飛び起きる。

「どこ？」

私、どうしたんだっけ？

首に痛みを感じて手をやりながら考える。ふと松葉の顔が浮かんで緊張が走った。

「まさか……」

気を失っている間に、連れ去られたのだ。

帰らなければ。一之助の無事を確認したい。

部屋には行灯がともされていたが、外が暗くなっているのに気づいた千鶴は、焦って障子を開けた。すると、廊下の角から松葉が姿を現した。

「ようやく気づいたか」

「ここはあなたのお屋敷ですか？」

「そうだ。少し力を入れすぎたようだ。あざができてしまったな」

松葉は千鶴の首筋に視線を送り、とても反省しているとは思えない、にやけた顔で話す。

「ひどい。いきなりあんな……。八雲さまのお屋敷に帰してください」

この屋敷を出ても、どうしたら一之助が待つ屋敷に戻れるのか見当がつかない。

「断る。八雲の気持ちを確かめてやると言っただろう？　お前が大切なら、小石川の混乱なんて放っておいて飛んでくるだろうな」

「八雲さまを試すなんて、最低だわ」

八雲の気持ちが知りたいと少しでも思った自分は、同罪なのだろうか。でも、こんな形で確かめたいとは思わない。

「罵っているつもりか。そんな言葉、痛くもかゆくもない」

駄目だ。話にならない。

千鶴は足袋のまま庭に駆け下り、月明かりを頼りに門を探した。そして門を開け放ったまではよかったが……。

「どこに行くつもりだ」

うしろから悠々と歩いてくる松葉に鼻で笑われ、唇を噛みしめる。

千鶴の目前には、なにもない空間が広がっていたのだ。おそらく人間の住む世に行くには、死神である松葉に触れていなければ無理なのだろう。八雲の屋敷も、どの方向に歩いていけばいいのかわからない。

「お前はここで八雲を待つしかないのだ。来ても来なくてもね。ただ、ここで時間を割けば、間に合わない儀式が出てくるだろうな。そうしたら悪霊が増える。小石川は混乱どころか、廃墟になるかもしれないな」

松葉は口元を緩めて楽しそうに言う。

「八雲さまは小石川を見捨てたりはしません」

激情に駆られた千鶴は、言い返した。

怪我をするのもいとわず、魂を黄泉へと送る八雲や浅彦は、生半可な気持ちで儀式に挑んでいるわけではない。死者があふれ、丁寧に最期の言葉に耳を傾けるのが難しい今でも、来世での幸せを願いながら印をつけているはずだ。

「それじゃあ、お前を見捨てるのか」

「見捨てる?　八雲さまがここに来られなくても、私は困りません。私の死期はずっと先だと聞いておりますので、あなたに手をかけられるわけではないでしょうし」

千鶴が毅然と言い放つと、松葉はふと笑みを漏らした。

「本当に面白い女だ。気に入ったぞ」

「気に入っていただかなくても結構です」

語気を強めて強がりを口にする千鶴だったが、本当は不安で鼓動が速まっている。自分の死期が近くはないと知っているものの、松葉に危害を加えられてひどい怪我を負うかもしれない。死なないだけで、今のように健康な体を保てる保証はないのだから。

しかし、弱さを見せるものかと虚勢を張った。

「とりあえず、中に戻れ。お前ひとりではここから出られない」

「一之助くんは無事なの？　帰らせて」

「あぁ、あの坊主か。あいつの死期は近いのか？」

しまった。逆手を取られた。

意地悪な笑みを浮かべる松葉を見て、千鶴は自分の発言を後悔した。

「……いえ」

「それなら問題ないだろう。あんなちび、一捻り(ひとひね)りだけどな。誤解するな。俺はまだなにもしてないぞ」

〝まだ〟を強調する松葉は、自分を脅しているのだろうか。自分次第で、一之助にも手を出すぞと。

「それにしても、厄介な子供まで屋敷に連れ込むとは、八雲がなにを考えているのかさっぱりわからん」

「わからないのは仕方ありません。でも、八雲さまを否定しないでください」

千鶴はもう一度主張する。

「生意気だな、お前。自分の立場がわかっていないのか？」

怒りの形相を浮かべる松葉は、強い力で千鶴の左肩を握る。

「や、やめて」

松葉の手首をつかんで払いのけようとしたが、びくともしない。千鶴は歯を食いしばり、痛みに耐えた。

「こうしてお前にはあざが増えていく。泣いて助けてくれと乞え」

「嫌です」

拒むと、松葉はあからさまに不機嫌になり、舌打ちをする。

なにが目的なのだろうか。服従させたいの？

「八雲が来るまでに、いくつあざが増えるかな。来ればの話だが」

痛みに耐え、顔をゆがませる千鶴をあざ笑う松葉は、「戻れ」と命じてようやく手を放した。

千鶴は戻った部屋の真ん中に正座し、一之助の心配をしていた。しかしここに来てからなにも口にしていないため、喉がカラカラだ。

八雲の屋敷のように時計がなく、もはやどれくらい時間が経過したのかもわからない。

松葉はあれから姿を見せないが、突然見知らぬ死神の屋敷に連れてこられて、本当は怖くてたまらない。

理不尽な行為には屈したくない、八雲を悪く言われたくないという気持ちでなんとか虚勢を張り続けられているが、気を緩めたら泣いてしまいそうだった。

冷たい隙間風が千鶴を容赦なく突き刺す。行灯しかないその部屋で寒さに震え、自分の体を抱きしめたそのとき、バタンという大きな物音がして緊張が走った。

「松葉、出てこい」

「八雲さま？」

この声は間違いない。

千鶴は立ち上がり障子を開けるも、暗くて八雲の姿がよく見えない。門の方向に目を凝らしていると、松葉らしき影が屋敷の玄関から出ていった。

「千鶴を返してもらう」

「これは驚いたな。小石川は捨ててきたのか」

挑発的な松葉の言葉が聞こえてきて、千鶴も玄関へと走った。

「捨ててはおらぬ」

おそらく八雲は、屋敷に戻ったら一之助しかいなくて驚いただろう。

「八雲さま!」

玄関を飛び出した千鶴は一直線に八雲のもとに向かう。しかし、松葉に腕をつかまれてしまった。

「放して!」

「動くな。動けばこの女の腕をへし折るぞ」

八雲が駆け寄ろうとしたのを、松葉がけん制する。八雲は唇を嚙みしめて足を止めた。

「この女、なかなか面白い」

松葉は意味ありげな笑みを浮かべる。彼がなにを考えているのか、千鶴には理解できない。

「小石川は、このままでは悪霊が増えて収拾がつかなくなるぞ。お前も死者が減っていかないのはわかっているんだろう? 放火だそうだが、犯人が捕まったあとも悪霊のせいで旅立つ魂であふれるだろうな」

「小石川は私が必ず守る」

「お前の出来の悪い弟子が悪霊を生んだのにか?」

ふたりが話している間、千鶴の視線はずっと八雲にあった。八雲もまた千鶴を見つめている。

怪我の治療を拒まれて、死神と人間の婚姻には人間同士にはない問題があるのではないかと心配した。けれどもやはり、八雲の腕の中に帰ることしか考えられない。

「これからますます死者の数が増えるなら、大変だろうねぇ。この女を俺によこすなら手伝ってやってもいいぞ」

なにを言っているのだろう。

松葉の発言にハッとする千鶴は、思わず彼を見上げる。

「千鶴は私の妻だ」

そしてすぐに聞こえてきた八雲の言葉に、安堵の涙がこぼれそうになった。

手を払いのけられたときから、心の片隅に八雲は自分を遠ざけようとしているのではないかという不安があったからだ。しかし〝妻〟と明言されてうれしかった。

「だから、その妻を俺によこせと言っているのだ」

「お前は千鶴に興味があるわけではないだろう？　私を屈服させたいだけだ。千鶴には関係ない。放せ」

「嫌だね」

図星を指されたのか、松葉の声がわずかに上ずる。

千鶴はがっしりと握られた腕を解こうともがいたが、びくともしない。松葉は異常なほどに力が強い。

「こうしている間にも、旅立つ時間が迫っている魂があるんだろう？　戻ったほうがいいんじゃないか？」

「私は千鶴を返せと言っているのだ」

八雲の苦しげな声に、千鶴の胸は痛んだ。

「簡単にはこの女を渡せないねぇ。その間に、あの弟子がいくつ儀式を失敗するか見ものだ」

なんて卑怯な死神なのだろう。八雲の優しさにつけ込むような物言いに腹が立つ。

松葉の強い力に自分ひとりでは抗いようがないと気づいている千鶴は、怖くてたまらない。でも、ここで涙を流してしまうと、きっと八雲は自分を優先する。

旅立つ魂の数がとてつもなく多い今は、浅彦ひとりでは小石川を守れない。

激しい葛藤のあと、千鶴は涙をこらえて口角を上げた。

「八雲さま、私は大丈夫です。私の死期はまだ先でしょう？」

「千鶴……」

辺りが暗くてよかった。絞められたときにできた首のあざに気づかれたら、八雲は絶対にここから離れない。

千鶴は少しうつむき、よりあざが見えないようにしながら続ける。

「だから儀式に戻ってください」

「しかし」

「でも、落ち着いたら迎えにきてくださいね。約束ですよ？」

千鶴はわざとおどけて言った。気持ちを奮い立たせていないと涙がこぼれそうだったのだ。

そして松葉にはわからないように、こっそり人差し指で〝一〟の形を作る。一之助をお願いしますという意味だ。

八雲はそれに気づいたらしく、小さくうなずいた。

これで千鶴の心配はひとつ減った。

「すまない、千鶴。必ず戻る。すぐにだ」

八雲は苦々しい顔をして千鶴に告げる。

「はい」

千鶴は緊張を隠してもう一度微笑んだ。

八雲が去ると、松葉は少し驚いたような顔をして、「あははは」と高らかに笑いだした。

「お前、八雲に捨てられたみたいだな。憐れな女」

「捨てられてなどいません！」

強く反論したが、緊張で鼓動がドクドクと速まっている。

『必ず戻る。すぐにだ』と言ってくれたじゃない。

千鶴は心を落ち着かせるために自分に言い聞かせる。

「八雲をからかってやろうと思ったのに、こんなにあっさりと引かれてはからかい甲斐もない。まさか、ただの捨て駒だったとは」

ずっと体を揺らして笑っている松葉は、千鶴に憐れみの視線を向けた。

「あなたになんと思われようとかまいません。私は八雲さまを信じています。……キャッ」

いきなり松葉に強く肩を押されて倒れそうになり、踏ん張った。

「お前、なにも知らないのだな。儀式がうまくこなせず悪霊が増え、なおかつ消せずにあふれさせると、死神としての地位を失うのだぞ」

「地位を失う？」

そんな話は聞いたことがない。

「そうだ。死神としての地位を失うと、幽閉される」

「幽閉？」

「人間がこの世に誕生した古の時代より、その生死をつかさどっていた我々の祖にあたる神がいらっしゃる。俺たちもその姿を見かけたことはないが、今もなお死者台帳を統べるお方だ。その方から能無しの烙印を押されると、幽閉となる。幽閉される場所も定かではなく、処分が下った死神は、忽然と姿を消すそうだ」

「そんな……」

千鶴は驚いて声を漏らした。

「寿命がない我々死神は、永遠に閉ざされた世界でなにもできずに過ごすのだ。おそらく人間が死を迎える瞬間より苦痛だろうな」

千鶴は言葉をなくした。

死という区切りがない死神は、ひどい怪我をして動けなくなったり、病で寝たきりになったりしても、ずっとその状態に苦しみ続けるのだろうかと考えたことがあった。

幽閉とはまさに、その究極の状態ではないだろうか。

誰ともかかわれず、どれだけ時間を重ねてもその苦しみから逃れられないという苦痛は、想像できないほどだ。

「たとえ見習いの失敗でも小石川の失態は八雲の責任。悪霊が増えていけば八雲は間違いなく幽閉される。八雲はそれを嫌ってお前を捨てたのだ。それなのに信じると言うのか。実に滑稽だ」

こみ上げてくる笑いをこらえきれないという様子の松葉は、千鶴を置いて屋敷の中に戻っていった。

松葉の背中を見送った千鶴は、星が瞬く空を見上げる。

違う。八雲は幽閉される恐れがあるから、自分を置いていったわけじゃない。

数々の人間の死に立ち会ってきた彼は、魂を無事に黄泉に導き、その魂がいち早く新たな生を受けるのを望んでいる。そうでなければ、無理やり額に印をつけるだけでいい。

八雲が人間に心の中を吐き出させてから儀式を行うのは、この世への未練を断ち切らせ、次の生を受けるまでの時間をできるだけ短くするためだ。

最期の声に耳を傾ける作業を、たとえ傷を負ったとしてもまっとうする八雲は、魂の輪廻が断たれるのが悲しいだけに違いない。

逃げる方法もわからずここにとどまるしかない千鶴は、八雲の足を引っ張っているのが悔しくてたまらない。妻としてなにができるのかと日々葛藤してきたが、まさか足枷になるとは。

「八雲さま……」

千鶴は、今も必死に儀式を行っているだろう八雲と浅彦が無事に戻ることを、月に願った。

先ほどいた部屋に戻った千鶴は悶々と考える。

自分はこのまま八雲のそばにいていいのだろうか。万が一、八雲がこの屋敷に来たことで儀式が間に合わず悪霊となった魂があったとしたら、松葉に捕まってしまった自分にも責任がある。

婚姻の契りを交わしたときには、こんな事態は予想できなかった。けれども、結果として心優しい八雲の重荷になっているのは否めない。

これからどうしたらいいのかを考えるべきなのに、不安と自責の念ばかりが頭に浮かび顔がゆがむ。

結局自分は、八雲のなんなのだろう。

かつて仕えていた三条家の苦しい生活からも逃れ、愛される喜びに溺れて、甘えばかりの生活を送っていたのが情けない。夫である八雲は、いつも苦難に直面していただろうに、自分はただ楽しいだけだった。

どうしたら、自分は八雲の役に立てるだろうか。

考えが堂々巡りをして、とうとう一睡もできないまま朝を迎えた。

千鶴に背中を押されて小石川に戻った八雲は、まるで戦場のような光景に眉をひそ

めた。消火に奮闘していた消防組からも火に包まれて亡くなる者が多数出てしまい、目を覆いたくなるような凄惨な死に際があとを絶たない。

しかし残していった浅彦は、歯を食いしばり、死神としての仕事をひたすらまっとうしていた。

「浅彦。千鶴が松葉に連れ去られた」

「えっ！」

ひとつの魂に印をつけ終わった浅彦を見つけて伝えると、驚愕（きょうがく）している。

「一旦屋敷に戻って、一之助に千鶴は大丈夫だからひとりで待つようにと伝えてくれ」

「いえっ、しかし……。一之助より千鶴さまを助けに行かなければ」

浅彦は信じられないというような表情で八雲を見つめる。

「千鶴の命（めい）なのだ。ここは私が儀式を行う。一之助に言い聞かせたらすぐに戻れ。その後の小石川はお前に託す」

八雲は千鶴が自分を信じるように、浅彦を信じようと思った。浅彦はもう儀式に失敗したりしない。

「御意」

浅彦の目が見たことがないほど鋭くなった。

一旦別れたものの、浅彦はすぐに戻ってきた。一之助も千鶴を救いたいという思いは同じで、涙を拭いて指示に従ったらしい。

しかし火災で火傷を負い、治療を施されていたものの及ばずに亡くなる者の数が一気に増え、すぐには小石川から離れられない。浅彦も精いっぱいの奮闘をしているがひとりでは限界がある。

夜が明けた頃、ようやく火の勢いが収まってきた。

「八雲さま。あとは私が。どうか千鶴さまをお願いします」

まだ浅彦だけでは難しいのではないかという状態ではあったが、八雲は信じることにした。今の浅彦ならやり遂げるはずだ。

八雲は即座に松葉の屋敷に向かった。

朝日に誘われて障子を開け、ふと庭先に視線を移すと、八雲の屋敷のように井戸がある。ここに来てからなにも口にしていない千鶴は、喉の渇きを覚え、井戸の水をくみ上げて久しぶりに飲んだ。霜が降りそうなほど寒い今日は水もキンと冷えていて、

喉から胃へと落ちていくのがよくわかる。

「八雲さま」

八雲の顔が頭に浮かんで、思わず名を呼ぶ。

昨晩は無事に儀式を行えただろうか。そして一之助は元気にしているだろうか。

「人間は飲み食いするんだったな。あぁ、酒だけはうまいが」

背後から松葉の声が聞こえてきて、ビクッと体を震わせる。振り返ると松葉が腕組をして立っていた。彼は前髪をかき上げながら近づいてくる。

「そんなに怖がるな」

「怖くなどありません」

言い返した千鶴だったが、本当は松葉の顔を見るだけで足が震える。

「あっそ」

ぶっきらぼうに言う松葉が千鶴の顎に手をかけるので、息が止まりそうになった。

「青白い顔してんじゃねぇか。気の強い女は嫌いじゃないが」

「嫌っ」

意味深長な笑みを浮かべた松葉が、いきなり顔を近づけてくる。唇が重なる寸前、千鶴は渾身の力で彼の胸を押して逃れた。

「八雲とは接吻したんだろ？　減るもんじゃねぇし、いいだろうが」

「私は八雲さまの妻です」

昨晩、八雲がそう言ってくれたから、堂々と主張できる。

「それがどうした。俺には関係ないね」

「私に構わないで」

「そうはいかない。言っただろ？　気に入ったって。置いていかれても泣きも喚きもせず、平然と水を飲んでいるとは。ますます気に入った」

どうして気に入られるのか、千鶴にはさっぱりわからない。

「泣く必要はありませんから。八雲さまが迎えに来てくださいます」

本当は見通しが立たず怖くてたまらない。いつまで待てばいいのかもわからないし、松葉を怒らせたら殺されずともなにをされるかわからないからだ。

しかし、八雲の言葉を信じて待つしかない。

「来てくれるといいねぇ。幽閉されなければの話だが」

松葉の意地の悪い言葉に、千鶴は顔をひきつらせた。

「お願いがございます」

「願い？」

「はい。あなたの力を貸していただけないでしょうか。小石川を助けてください」

千鶴は深々と頭を下げた。

これが、朝まで考えに考えた結論なのだ。

八雲たちのように儀式を執り行う力がない千鶴は、こうして助けを乞うことしかできない。

「八雲の手伝いをしろと？」

「はい。浅彦さんも頑張っているはずです。ですが、放火という人間の愚かな行為のせいで、小石川が廃墟になるのは耐えられません」

訴えると、松葉は鼻でふんと笑う。

「違うな。八雲が幽閉されるのが怖いの間違いだ」

完全に心を見透かされた千鶴は一瞬たじろいだが、松葉の目をまっすぐに見つめて口を開く。

「そう、です。八雲さまが幽閉されるなんて耐えられません」

魂の輪廻が断ち切られるのも、悪霊だらけになった小石川が廃墟になっていくのももちろん怖い。けれど、千鶴の心の中の大半を占めているのは、八雲の心配だった。

「ははは。やはり自分がよければそれでいいのだ。人間なんてそんなものさ」

高笑いされた千鶴は、言い返す言葉もない。

「私はただの情けない人間です。だから大切な人をまず守りたい。でも、八雲さまは違います。自分のことより旅立つ魂の幸せを祈っているんです」

八雲まで一緒にされては困ると必死に訴える。

「へぇ。それはそれは」

松葉は気のない返事をしたあと、千鶴をじっと見つめた。

「お前の大切な八雲を助ける方法がひとつだけあるが――」

「なんですか？」

千鶴が身を乗り出すと、松葉はにやりと笑う。彼がこういう笑い方をするときはよからぬことを考えているとわかっているのに、八雲が助かるのなら聞きたい。

「お前が俺の嫁になれば考えよう」

「嫁？　だって私は、八雲さまの……」

「そんなことはわかっている。だから、なのだからね」

松葉は八雲を苦しめたいだけなのだ。

「八雲さまがそんなにお嫌いですか？」

「嫌いだね。気に入らない。八雲が儀式のときに人間と会話を交わすようになってから、周囲の死神たちが皆こぞって真似をしだした。それまでは面倒だからと印をつけてさっさと帰っていたのに、人間と対話をしない俺を悪者扱いするとは」

松葉は、苦虫を噛み潰したような表情で言う。

「幽閉されるから仕方なくやっていたくせして、高尚ぶりやがって。なんで人間なんかのために……。黄泉に行った魂がどうなろうが、俺には関係ないだろうが」

『人間なんか』と吐き捨てる松葉も、儀式のときに人間に嫌な思いをさせられてきたのだろう。

「その通りですね。印をつけるだけで十分です」

「は？」

松葉は千鶴の発言が意外だったのか、間が抜けた声を発した。

「もちろん、人間の立場としては八雲さまの行為はとてもありがたい。ですが、死神の妻としては、八雲さまや浅彦さんが怪我をしてまで最期の言葉をくむ姿を見ていると、やめてほしいと思うときもあるんです」

千鶴は八雲にも話していない正直な気持ちを吐露した。

「あははは。やはり面白い女だ。是非、手元に置いておきたいねぇ」

松葉は盛大に笑い飛ばす。

「そう思っていただけるのは光栄ですが、私はあなたの妻にはなりません」

「だが、このままでは八雲は幽閉されるぞ。あの未熟な弟子は、人間に暴れられると躊躇（ちゅうちょ）するのだろう？　印をつけるまでわずかな猶予しかないときは、一瞬のためらいが命取りになる。時間が来てしまうからね」

浅彦も優しい死神なので納得だ。八雲ももちろん優しい心根の持ち主だが、おそらく悪霊を生まないことの重要さをより深く理解していて、淡々と儀式を遂行しているのだ。

「しかし俺なら簡単だ。もともと印をつけるだけだしな」

千鶴はなんと言ったらいいのかわからなくなった。

今は、なんとか松葉の手を借りたい。でも、彼の妻になるなんてありえない。

「あっ。ほかの死神さまにお願いすれば……」

どうして今まで気づかなかったのだろう。

「それは無理だろうな。死神として認められていない見習いだからこそ、あの元人間の失態は八雲の責任となる。しかしすでにほかの地域を任されている死神は、引き受けた儀式に失敗すれば、能力がないとみなされて幽閉される。八雲を慕っている死神はいるだろうが、そんな危険を冒してまで手を出さないだろう。八雲もわかっているから頼まないのさ」

いい考えだと思ったのに即座に否定され、千鶴は肩を落とす。

「俺は悪霊を出さない自信がある。だが、それなりの代償はいただく」

それが松葉の嫁になるという条件なのか。

千鶴はしばし考えたが、八雲を追いつめるために出された条件に乗るわけにはいかない。

「その条件はお受けできません」

「そうだろうな」

「えっ？」

「所詮お前も自分が大切なのだ。八雲が幽閉されようが、お前はあちらの世界に戻って生きていけばいいわけだし」

松葉は勝ち誇ったように笑みを漏らす。

千鶴は生贄の花嫁に仕立てられ、神社の鳥居をくぐった日を思い出した。

八雲が想像していた死神とは違いすこぶる優しかったため、自分は傷ひとつなく生きながらえ、それだけでなく愛を向けてもらえる。

今度は自分が八雲を助ける番だ。

八雲という大切な存在ができた今、魂が黄泉に旅立つ瞬間まで、松葉の妻として振る舞わなければならないのはつらい。けれど、幽閉されて永遠に死ねずに苦しみ続けるかもしれない八雲を思えば……。

千鶴の心は揺れ動く。

「八雲もかわいそうに。妻がこんな薄情だとは知らないんだろう？」

「……わかりました。八雲さまを助けてくださるなら、あなたの好きにすればいい。でも、私の心は八雲さまのものです。それだけは覚えておいてください」

おかしそうに話を続ける松葉に千鶴が伝えると、松葉は途端に視線が鋭くなった。

「そうか。それなら来い」

冷たく言う松葉は、千鶴の手首を乱暴につかんで引っ張る。

「放してください」

千鶴は平静を装おうとしたが、かすかに声が震えてしまった。

松葉は広い屋敷の奥へと進み、千鶴を無理やり部屋に入れる。強い力で押されたため、よろけて畳の上に投げ出された。

ふざけた態度を封印し、障子をピシャリと閉めた松葉の眉はつり上がっている。緊張が張り詰めた空間に、千鶴は息を呑んだ。

松葉は千鶴を見下ろし、諸肌(もろはだ)を脱ぐ。がっしりとした体軀をさらす彼は、千鶴に覆いかぶさってきた。

「やめて」

「俺の妻になるんだろう？」

視線を絡ませたまま千鶴の唇に指を這わせる松葉は、「そうだろ？」と念を押してくる。

「そ、そうです。でも、まだ妻ではありません」

なんとか逃れたい千鶴は、とっさにそう口走った。

「あぁ、そうか。人間は祝言という面倒なものをするんだったな。ちょうどいい」

松葉が離れていったため安堵したが、ちょうどいいという言葉が引っかかる。

「そこに座れ」

低い声に鋭い視線。

千鶴は震えながら小さくうなずき、従った。

着物を帯に引っかけたまま一旦部屋を出ていった松葉は、八雲との祝言のときに使ったような朱色の杯と銚子を持ってきて千鶴の前に置く。それから着物をいい加減に直し、障子のほうに向かってなにやらつぶやきながら人差し指を差し出した。その指には八雲が儀式に使うような赤い液体がついている。

まるで空気に印をつけているかのような動作をした松葉は、千鶴の前まで来てあぐらをかいた。

「さてと。お前、千鶴と言ったか？」

「はい」

「それでは千鶴。俺の妻となる誓いを立ててもらおう」

ぶっきらぼうに杯を差し出されて受け取る。

この誓いを立てたら、八雲の妻としては生きられなくなってしまう。松葉と体を重ねるなんて、嫌でたまらない。

八雲が助かるのならと自分で決めたが、千鶴の心臓は張り裂けんばかりに暴れだした。

しかし拒めない千鶴は、銚子から透明の液体が注がれるのを、唇を噛みしめながら眺めていた。

これは日本酒だろうか。

「この杯を交わせば、千鶴は俺の妻となる。よいな」

「本当に八雲さまに手を貸してくださるんですね」

千鶴は念を押した。

「もちろんだ。俺は、嘘はつかん。まあ、信じるも信じないもお前の勝手だが」

松葉の言葉に千鶴は眉をひそめた。

彼の言う通り、圧倒的に自分が不利な立場にいる。どれだけ嫌でも、だまされるかもしれなくても、儀式の手伝いをしてもらうにはこの契りを受け入れるしかない。

八雲さま……。

注がれた酒を見て、心の中で八雲の名を呼ぶ。

妻となり、まだたった一年だ。自分が死したあとも魂が輪廻してくるのを待つと言ってくれた優しい夫と離れなければならない。

最近はよそよそしいと思うことも、死神と人間の婚姻はうまくいかないのかもしれないと考えることもあった。しかし八雲は千鶴が初めて恋い焦がれた相手であり、生涯をささげると誓った大切な存在。できればこの命が尽きるその瞬間まで寄り添いたかった。

そんなことを考えていたら視界がゆがむ。

「どうした、飲まないのか？」

松葉に急かされた千鶴は何度も深呼吸を繰り返す。けれど、あと一歩の勇気がどうしても出ない。そのうち我慢していた涙がこぼれてしまい、うつむいた。

「お前も泣くのだな。そんなに嫌ならやめればいい。その代わり、お前の大切な八雲は永遠に闇の中だ」

これは松葉の挑発だとわかっている。わかっているが、彼を拒めないのが悔しい。しかも、松葉は自分を妻として娶りたいわけではなく、ただ八雲が悔しがる姿を見たいだけなのだ。

千鶴は覚悟を決めてぐいっと顔を上げる。そして杯を持つ手を上げていく。

杯を口につけたそのとき。

「飲むな！」

障子が開き、耳をつんざくような大きな声が響いた。

「八雲さま！」

「チッ。うるさいのが来た」

あからさまに顔をしかめて舌打ちをした松葉は、立ち上がって八雲に歩み寄る。

「千鶴、それは決して飲んではならん」

切羽詰まった様子の八雲だったが、どうしてかその場に立ち尽くしたままで、部屋に入ってこようとはしない。

「松葉！　お前！」

血走った眼（め）で怒りをむき出しにする八雲と松葉の距離は、ほんのわずかしかない。

しかし、八雲がそれ以上踏み込もうとしないのはなぜだろう。

「そこで見ていればいい。大切な妻が堕（お）ちていく様子をね」

意味ありげな言葉を吐いた松葉は、再び千鶴の前に戻ってあぐらをかいた。

駄目だ、千鶴。決して飲むな！
千鶴が松葉に血を飲まされそうになっていると知った八雲は、はっきりと自分の気持ちを自覚した。
彼女は人間なのだ。愛しているからこそ、本来あるべき姿を壊してまでそばに置いてはならない。

死神の仕事は、優しすぎる千鶴にはできないだろう。死神にするくらいなら人間の世界に戻すし、死の時を迎えたら転生してくるのを待つだけだ。

浅彦はすずを愛していたがゆえにあとを追ったが、大切だからこそ離れるという選択肢もある。八雲は千鶴の魂が輪廻して自分のところに戻ってくるのを、たとえ何年でも何百年でも待つと決めた。

八雲から離れて再び千鶴の前であぐらをかいた松葉はほくそ笑む。

松葉の思い通りには絶対にさせない。

「千鶴、その杯には松葉の血が仕込んである。それを口にして呪文を唱えられるとお前は死神になってしまう」

「えっ……」

絶句する千鶴は、松葉になにか脅されて杯を手にしているに違いない。

姑息な松葉が、一之助か小石川の未来か、もしくは自分を救えると吹き込んだのではないかと八雲は勘繰った。

もしかしたら彼女は、死神となっても自分や一之助、そして浅彦を救おうとするかもしれない。そういう女だと八雲が一番承知している。けれど、千鶴の一生は誰かの犠牲になるためにあるわけではない。

「ほら、さっさと飲まないと小石川が悪霊であふれて、八雲は幽閉だぞ」

松葉がそう言いながら千鶴の手から杯を奪い、無理やり口に持っていく。

「駄目だ！」

千鶴は、儀式に失敗し続けたときの死神の処遇について聞かされたのか。

それで松葉の言いなりになっているのだと知った八雲は、怒りを爆発させる。

「うるさいなぁ。この女がそんなに大事なら、死神にして永遠にそばに置けばいいだろう？　なぜそうしない。あの出来の悪い弟子はあっさり死神にしたくせして」

ずばり指摘された八雲は、一瞬顔がこわばった。けれどもギロリと松葉を見据えて口を開く。

「浅彦のことは後悔している。死神になり懺悔の日々を過ごしても、過去は変えられない。どれだけ苦しくても輪廻の輪を切らず来世に希望をつなぐべきだった」

正直な気持ちを吐き出すと、松葉は右の眉を上げる。

「まさか皆が尊敬する〝八雲さま〟が、自分の行いを悔いるとはねぇ」

松葉は馬鹿にしたように笑うが、八雲は続ける。

「浅彦は未熟な死神だが、人間が悪霊にならないように必死に努めている。もう十分なほど苦しんだが、輪廻の輪に戻すのは不可能なのだ。私たち死神は、人間を簡単にこちらの世界に引き込むべきではない」

浅彦を死神にしたことについて悔いている八雲は、淡々と話す。

「自分がやっておいて、俺に説教か？」

「説教ではない。これは頼みだ」

八雲は松葉に向かって首を垂れた。

「八雲が俺に頭を下げるとは、滑稽だ」

「千鶴は関係ない。返してもらう」

「返してほしければ、結界を破って力ずくで連れていけばいい。まあ、そんなぼろ雑巾のような姿では、俺の力には敵わないだろうがね」

松葉の指摘通りだ。おそらく今の自分にはこの結界は破れない。

「こんなところで油を売っていると、悪霊があふれるぞ。そろそろ戻ったほうがいいんじゃないか？」

松葉は余裕の態度を崩さず、八雲を挑発し続ける。

「私には浅彦がいる」

「あの役立たずの見習いを信じているのか？　ますます滑稽だ」

「たしかに死者の数は増加しているが、浅彦が儀式を失敗しているからではない。火災で怪我を負った者が、満足な治療を受けられずに命を落としているのだ。あれから一度も悪霊を生みだしてはいない」

八雲が告げると、安心したのか千鶴がかすかにうなずく。

「私は小石川も千鶴も必ず守る。松葉こそ、ここにいていいのか？　牛込にも死者は出ているはずだ。悪霊が増えればお前が幽閉だ」

八雲の指摘に松葉の頬がぴくりと動く。

「俺が幽閉を恐れるとでも？　そんじょそこらの下等な死神と一緒にするんじゃねぇよ」

「松葉さん。お願いです。儀式に行ってください」

松葉は鼻で笑うが、動揺を見せたのは千鶴だ。千鶴が杯を持ったままの松葉の腕をつかみ懇願すると、中の酒が畳にこぼれた。

「は？」

「逃げるなとおっしゃるなら、あなたが戻ってくるまでここで待ちます。だから、どうか儀式を……」

千鶴の意外な言葉に、松葉は目を見開いている。

「待つだと？　お前は馬鹿なのか？」

「馬鹿でもなんでもいいです。だからお願いします」

ひどい目にあっているのに松葉に必死に訴える千鶴を見た八雲は、やはり死神の役割をよく理解しているのだなと感じた。その一方で、また自分を犠牲にしようとしている千鶴をなんとかしなければと結界に手を置いた。

「うっ！」

一瞬にして弾き飛ばされた八雲が声をあげると、松葉はあざ笑う。

「無駄だ」

驚いた様子の千鶴が、目の前にやってくる。

「八雲さま……」

「千鶴、危ないからどきなさい。その首、どうした……。松葉、お前か！」

千鶴の首のあざに気づいた八雲は、目を見開いた。

「心配には及びません」

眉尻を上げて怒りをあらわにする八雲とは対照的に、千鶴は冷静に言う。

「許さん。千鶴を傷つけた罰は受けてもらう」

「それなら早くそれ、破ってみろよ」

片膝を立てた余裕の表情の松葉がさらに挑発するので、八雲の目が一層鋭くなる。

「八雲さま。小石川に戻ってください」

対立するふたりに千鶴が口を挟んだ。しかし八雲は戻れという言葉が信じられず、首を振る。

「小石川には浅彦がいる。今は千鶴だ」

「八雲さまが今やるべきことは、死者台帳に則って儀式を行うことです。私の死期はまだ先だと言ったではありませんか」

千鶴が微笑みながら言うので、八雲の荒立った心が冷静さを取り戻してきた。

どうして千鶴はこれほど強いのだろう。

生贄の花嫁となったときといい今といい、自分の身の危険は顧みず正しいと思うことを主張する。

八雲は驚くと同時に感心すらした。

「いや、お前を娶ったあの日から、夫としてお前を守るという役割もできた」

首のあざはもちろん、目の前で死神にさせられそうになったのを見た八雲は、当然千鶴の言葉を受け入れられず、反論する。

「私は死神の妻になったのですよ？　八雲さまが儀式を正しく行えるように支えるのが妻の務め。血の秘密を知ったからには、決して飲みはしません。元気で待っていますから、どうか信じてください。ただひとつ……牛込で旅立つ魂にもどうか儀式を」

千鶴が八雲にそう伝えた瞬間、松葉の目が真ん丸になる。

一方八雲は、穏やかな顔であたり前のように牛込の旅立つ魂まで心配する千鶴が、ますます愛おしいと感じた。

千鶴に出会えてよかった。彼女を愛するのは必然だった。

「……わかった。私は死神としての役割を果たしてくる。松葉。もし千鶴になにかあれば幽閉以上の苦しみをお前に与える。手加減はせぬから覚えておけ」

八雲は松葉に告げたあと、千鶴に視線を絡ませる。

「千鶴……待っていてくれるか？」

「もちろんです。行ってらっしゃいませ」

夫婦となって一年。これほどの危機は初めてだが、千鶴は必ず自分が守ると改めて決意した。

◇

「なんだ、この茶番は」

大きな体を揺らして笑う松葉を見つめる千鶴は口を開いた。

「茶番ではございません。私の夫は死神ですから当然です」

強気な発言を繰り返す千鶴だったが、そうやって自分の気持ちを奮い立たせていなければ、本当は泣きそうだ。

もちろん八雲が戻ってくると信じている。けれど、松葉が次に自分になにを仕掛けてくるのか見当もつかないからだ。

先ほども妻になれと杯を差し出したくせに、まさか死神になる儀式だったとは。

「だが、お前はまた見捨てられたのだぞ」

「あなたの言葉は信じません。私をだまそうとしたではないですか」

千鶴は落ちている杯を見て抗議する。

「死神にして妻にしようとしただけさ」

「それは詭弁です」

「まあ、そんなに怒るな」

八雲とは違い、言動すべてが軽々しい。白無垢を纏って神社の鳥居をくぐったあの日、現れた死神が松葉でなくてよかった。

松葉は腕を組んで千鶴を凝視する。

「お前、なぜあんなことを言った」

「あんなこととは？」

問うと、松葉は視線を外す。

「牛込の儀式もしろと八雲に……」

「あなたがしないのですから、誰かがしなければならないではないですか」

「しかし、お前はこうして捕まっているのだぞ。俺が幽閉されたほうが、お前も八雲も都合がいいじゃないか」

松葉の発言に、千鶴は二度首を横に振った。

「八雲さまは、あなたがどうなるかなんて興味はないと思います。それどころか、ご自分が幽閉される可能性ですら気にしていないでしょう」

「どういうことだ」

「あなたは幽閉を恐れないと言いましたが、八雲さまも同じはず。それでも小石川に向かったのは、人の魂を輪廻の輪から外したくないから」

千鶴は、浅彦とすずの悲恋を頭に思い浮かべながら話す。

八雲は浅彦を死神にしたのを後悔していると口にしていたが、次の世ですずと幸せになる道を選ばせればよかったと思っているに違いない。

浅彦があまりに死を懇願するため八雲は折れたのだろうけど、永遠に死ねないつらさも、想い人の幸福を祈るだけで自分がその隣には二度と立てないという残酷さも、誰よりも理解しているはずだ。

「八雲さまは、悪霊となりそうな魂があるのに見て見ぬふりができる死神ではないのです。私の夫は、そういう死神です」

八雲に心配する手を払われて落ち込んでいたが、今となっては自分を死神にはすまいという強い気持ちからだったと思えるし、松葉は見捨てられたと言うが、そうではないのもわかっている。

そしてなにより、死神として最善を尽くそうとする八雲が、妻としては誇らしいのだ。

「くだらん。八雲の妻なんかにならなければ、もっと平穏に生きられたとは思わないのか」

「もともと自由なんてありませんでしたし、人の世にいても好きな人と結ばれることはなかったでしょう」

三条家で働き通しのまま生涯を閉じる運命だったはずだ。

「八雲の妻となったのを後悔してないと？」

「はい。しておりません」

今の状況はとてもよいとは言えない。けれど、八雲に嫁いだことは後悔していない。

「ふーん」

不思議そうに千鶴を見つめる松葉は、結界のあたりに手を置く。どうやらそれを解除したようで、それ以上なにも言わずに出ていった。

部屋に残された千鶴は、張り詰めていた緊張がほどけたせいか、その場にへなへなと座り込む。

「八雲さま」

本当は八雲の背中が遠くなっていくのがつらかった。一緒に連れていってほしいと叫びそうだった。

でも、そんな素振りを見せたら、間違いなく八雲の足は止まる。小石川や牛込の魂が儀式を受けられずに消えていくことになるだろう。

それだけでなく、もしかしたら八雲が幽閉されてしまうかもしれないのだ。こらえて背中を押すしかなかった。

我慢していた涙がポロリとこぼれ、慌てて手で拭う。

生贄の花嫁となり今度は死神の人質。稀有な人生だとは思うが、やはり八雲に嫁いだことは後悔していない。

「しっかりして」

千鶴は自分にカツを入れる。

八雲だけでなく浅彦も踏ん張っている。一之助もひとりで不安ばかりだろう。そして、火災で怖い思いをしている小石川の人々も、絶望に襲われながら必死に生きようとしているはずだ。自分だけがつらい思いをしているわけではない。

自分にそう言い聞かせるも、松葉がなにを考えているのかわからない今は、恐怖から抜け出せそうになかった。

◇◇◇

八雲が小石川に舞い戻ると、体中をすすだらけにして奮闘していた浅彦が駆け寄ってきた。

「八雲さま、千鶴さまは？」

「千鶴は小石川のために耐えている」

「私がなんとかします。ですから……」

「牛込もあるのだ」

そう言うと、浅彦は目を丸くする。

「どういうことですか？　まさか、松葉に手を貸そうと？」

「そうだ。松葉は千鶴を逃がすまいと結界を張って閉じ込めている。牛込の台帳は私には確認できぬから、行って察するしかない」

死神は台帳で死期や死因を把握するが、そうでなくても死期が迫っている人間は察知できる。ただ、近くに行かなければ感じられないし、正確な時刻や死因まではわからないため、間に合わない可能性がある。台帳に載った魂を探し出すよりずっと難しいのだ。

けれども千鶴が望むのだから、いや、死神としてやらねば。

八雲はそう思っていた。

「どうしてですか？　千鶴さまが連れていかれたのですよ？　松葉なんて幽閉されてしまえばいい！」

浅彦は怒りをあらわにして八雲に食いつく。

「私だって、本当は……」

八雲はそこで口を閉ざした。

「八雲さま。お願いです。千鶴さまを助けに行ってください。私が絶対に八雲さまを幽閉させたりはしません」

浅彦が腕を強くつかみ、訴えかけてくる。

「お前のことは信じている。だが、牛込までは無理だ」

八雲ですら困難なのに、まだ死期を察知する力が弱い浅彦は、台帳なしでは難しい。

「なにをおっしゃって……。八雲さまのお言葉は矛盾だらけです。千鶴さまをお見捨てになる八雲さまなど、尊敬できません！」

信じられないという様子で首を何度も横に振る浅彦は、八雲に怒りの眼差しを注いだ。

「誰が見捨てると言った。私は小石川も牛込も千鶴も守る」

「できるわけがないじゃありませんか」

「なぜできないと決めつけるのだ。千鶴が信じてくれるのだから、私はやり遂げる」

浅彦と言い合う八雲の目が、浅彦の肩越しにひとりの男児をとらえた。

「あの子は……」

裾や袖が破れたみすぼらしい着物を纏い、裸足(はだし)で気が抜けたように呆然と歩く子をどこかで見た記憶がある。

浅彦は八雲の視線を追い、振り返った。

「どうかされましたか？」

「もしかして……」

興奮を一旦収めた浅彦に問われた瞬間、燃える家屋の近くを、すすだらけの顔で徘徊していた男児だと思い出した。一度だけでなく何度か見た覚えがある。

「浅彦。あの子に死期を感じるのだが」

「そういえば、日が昇って間もない頃に、六歳の男児が焼死するはずです。火災に巻き込まれるのでしょうね。かわいそうに」

この度の放火で多数の巻き添えを見てきた浅彦は、無念の溜息をつく。

「巻き込まれるのではないのかもしれない」

「と言いますと？」

「以前も火災現場の近くで見かけたような気がするのだ」

八雲の言葉の意味をようやく理解した浅彦は、目が飛び出んばかりに驚いている。

「まさか、あの子が火を？　そういえば、しばらくは死者の数は横ばいですが、徐々に減っていくはず」

「浅彦。あの子は私が送る。死者の数が減るのは、あの子の魂が旅立つからかもしれない。それに……」

そこで八雲は言い淀んだ。浅彦に伝えるべきか躊躇したのだ。

「それに？」

「いや、なんでもない。浅彦は別の者の儀式を頼む。あの子が済んだら、私は牛込に――」

「八雲さま」

切羽詰まった様子の浅彦が八雲の発言を遮る。

「まさかあの子は悪霊に……」

浅彦が察したのだとわかった八雲は、うなずいた。

「すれ違っても気配は感じぬ。ただ、放火の瞬間だけ、あの子の体に入り込んでいるとしたら……」

放火の瞬間の記憶はあの男児にはなく、気がついたときにはどこにいるのかもわからず、こうして徘徊しているのかもしれないと八雲は考えた。

そもそも悪霊を生みだした経験がほとんどないため、悪霊がどんな行動をとるのか、はたまた、なにができるのかよくわからないのだ。

ただ死神の仲間から、悪霊は直接別の魂を死に導くこともあれば、生きている誰かの体を借りて悪事を働くこともあると聞いている。

「私はなんという……」

浅彦が絶句し、膝から頽れる。

「あの子の寿命は生まれ落ちた瞬間に決まっていたのだ」

「ですが、私が手を汚させたのです」

「放火が先だ。すべての元凶は放火犯だ」

悪霊が生まれたのは、放火による犠牲者を黄泉に送り損ねたからだ。つまりあの男児とは別に放火犯がいるということになる。

動揺して目を泳がせる浅彦に、八雲は淡々と事実を伝える。

「……でしたら、私が儀式に失敗するのも決まっていたことなのでしょうか？」

「それは私にもわからない。最近になって突然台帳に浮かび上がった名前があったのを不思議に思っていたが、もしかしたらそれが……」

生まれた瞬間に死期も死因も決まり、台帳に記されるのが普通だ。しかしその数は莫大（ばくだい）なので、八雲たちもよほど確認したい人間がいるとき以外は、近々旅立つ魂についてしか調べない。

ただ最近になって、前日には見た覚えがない名が紛れ込んでいるのに気づくことがあった。当初、八雲は見落としたのだろうと気に留めていなかった。しかし、儀式を失敗してはならないと何度も確認するので、やはりおかしい。

もしかしたら、それが悪霊のせいで死に導かれる魂なのかもしれない。悪霊は、あらかじめ決まった死の時刻を変更できると考えれば、辻褄が合う。

「待ってください。混乱してきました。あの子の体が悪霊に乗っ取られていると考えても、最初の放火犯は別にいますよね」

「そうだな」

八雲はしばらく微動だにせず考えを巡らせる。

「悪霊を生んでしまった翌日、小石川のあちらこちらから火の手が上がったな」

八雲が幼い女児をとっさに守って怪我をしたあの晩だ。

「はい。あの日は消防組も大混乱していた記憶が。でも、それが？」

「ほかに二カ所以上の火災が起こった日はない。私が怪我をしたあの日、少しおかしな光景を目の当たりにした。次の魂の旅立ちが迫っていたため、しっかり話を聞けなかったが……」

八雲は正子を見送る前に、とある夫婦に儀式を施した。放火されたと思われる家屋で夫婦は最期を迎えたのだが、妻は窒息死、夫は焼死と台帳に記されていた。八雲は燃え盛る火におびえて逃げようとする妻に先に印をつけ、そのあと夫にもつけた。ただ……。

逃げようと思えば逃げられたのではないか？

正子のときのように、火に包まれて身動きが取れなくなっていたわけではない。ふたりとも外に飛び出せたのに、そうしなかったのはどうしてなのか。

「あのとき……」

八雲のつぶやきに浅彦が反応して顔を覗き込む。

「『まさかお前が』と聞こえた気がする。『どうしてそれほど憎いのだ。何人死んだと思ってる！』という強い叱責も。もし、妻の放火に気づいた夫がともに死ぬ道を選んだとしたら……」

「それまではその女の犯行で、女の死後は悪霊に取り憑かれた男児だと？」

呑み込みの早い浅彦に、八雲は小さくうなずいた。

「最期の叫びを受け取れなかったのだから、なにがそれほど憎かったのかも、本当に放火犯がその女だったのかも、今となってはわからない。どちらにせよ、死神がそれを知ったところでなにかできるわけではないのだが」

八雲が言うと、浅彦は険しい表情を見せる。

「そこで終わるはずだったのに、私のせいで……」

「悔いても過去は元には戻らぬ。早く悪霊を消さなければ。あの子についていけば姿を現すやもしれぬ」

あの男児も、悪霊によって死期を変更させられた可能性がある。

台帳がすべてだと、なにがあっても死神としての責任を果たしてきたのに、悪霊に死期を変更できる力があるとは思いもよらなかった。

死神にもできない台帳の書き換えを悪霊ができるとは驚きだが、だからこそ絶対に悪霊を生み出してはならないのだろう。

男児の旅立ちはもう変えられない。これ以上の犠牲者が出ないように悪霊を消す必要がある。

「私も参ります」

「いや、浅彦には別の儀式を頼みたい。お前には悪霊を消す力はない」

自分の手で解決したいという浅彦の気持ちはひしひしと伝わってくるが、そこまでの力はまだ備わっていない。本当なら連れていくべきなのだろうけど、一刻も早く牛込も片づけて千鶴のもとに向かわなければならない。

浅彦も今の状況と自分の能力の限界は承知しているようで、苦渋の表情を浮かべ
「わかりました。よろしくお願いします」とうなずいて離れていった。

八雲はすぐさま男児のあとを追う。悪霊が近くにいる気配はないが、着物の袖が焦げているのを見て、自分の予想は正しいのかもしれないと感じた。

男児が足を向けた先には、千鶴の奉公先だった三条家が営む三条紡績の物置小屋がある。普段人気（ひとけ）がない上に、中には燃えやすそうな綿糸が保管されていて、放火するにはもってこいの場所だ。

これから火を放たれるとわかっていても、死神にはそれを止められない。目の前の出来事を受け入れるだけだ。

ふと空気が変わった気がして辺りを見回す。――悪霊が近くにいる。

八雲は悪霊に取り憑かれる前にと、男児に近寄っていった。

「三郎（さぶろう）だな」

突然話しかけられて驚いたのか、三郎は体をビクッと震わせた。その瞳には困惑の色が浮かぶ。

「ここでなにをしている？　家族は？」

「父ちゃんも母ちゃんも兄ちゃんたちも、皆火事で死んじゃった」

三郎は今にも泣きだしそうな顔で答える。

「そうだったか。ひとりになってしまったんだな」

「家もなくなって、叔父さんのところに行ったけど、お前に食べさせるものはないって」

　三郎も放火の犠牲者だ。まさか悪霊に体を乗っ取られた自分が火をつけているとは思いもよらないはず。

「なにも食べていないのか？」

　八雲に質問された三郎は、ばつが悪そうにうつむいた。

「仕方なかったんだよ。お腹が空いてもう我慢できなくて、商店でまんじゅうを……。ごめんなさい」

　盗んで食べたのだろう。

　しかし、家族を亡くした上に悪霊に目をつけられて放火という罪に手を染める羽目になり、さらにはこれから旅立つ三郎の身の上を思うと、八雲は責める気になれなかった。

「そうか。商店には私が支払いを済ませておこう」

「本当に？」

「あぁ」

　よほど盗んだことが気になっていたのか、三郎は安心したように頬を緩める。盗みよりずっと重い罪を犯していると知ったら、ひどく苦しむに違いない。

「おじちゃん、誰？」

「私は死神。三郎はあと少しで黄泉に旅立つ」

「嘘……」

顔を引きつらせる三郎は、一歩あとずさる。

「嘘ではない。私が今から印をつける。そうすれば黄泉に行ける」

「黄泉なんて行きたくない」

三郎は八雲に背中を向けて走りだした。とっさに追いかけた八雲は、三条紡績が見えてきたあたりで重苦しい嫌な空気を感じて、足を止めた。

「どこだ？」

この気配は悪霊だ。

周囲を注意深く観察すると、一瞬黒い影が見えたが、あっという間に三郎の体に吸い込まれていった。

「やめろ」

悪霊を消すには呪文を唱える必要があるが、悪霊が消えるほどの効果があるため、人間の三郎ではひとたまりもない。

消されるかもしれないのに、悪霊がなぜ自分の前に姿を現したのか八雲は不思議だった。しかし、もしかしたら儀式の邪魔をし、三郎の魂も悪霊にしようと目論んでいるのではないかと気がついた。

「印を……」

八雲が三郎にしてやれるのは、印をつけることだけだ。

体を乗っ取られた三郎の眉はつり上がり、その視線は鋭く、まんじゅうを盗んだのを後悔していた男児とはまるで別人に見える。

儀式に失敗して黄泉に旅立つはずの魂を悪霊にしてしまうと、こうして不幸になる人間が多数生まれてしまうのだ。

三郎は冷たい笑みを浮かべたあと、袂からマッチを取り出した。

「三郎、待て」

八雲は止めた。ただ、悪霊を追い出すために呪文を唱えても、このまま放火をなすすべもなく見ていても、三郎は命を落とすのだ。いや、三郎の死因は焼死なのだから、黙って見ているしかない。

儀式を行わなければならない時間が迫り、八雲は固く拳を握る。悪霊に取り憑かれたままという、最悪な形での見送りになりそうだ。

しかし、儀式をやらねばならない。死神としての役割を果たしてくると千鶴と約束したのだから。

三郎は一度大きく息を吸ってからマッチを擦り、物置小屋の戸に向かってそれを投げた。すると、落ち葉に火がつき一気に炎が大きくなる。

「三郎、許せ。来世では必ず幸せになれ」

素早く三郎に近づいたが、ニヤリと笑う三郎は八雲が伸ばした手を俊敏によけ、火がついた戸を開けて中に入っていく。

「駄目だ。入ってはならん！」

八雲は声をあげた。

悪霊が八雲を火の中に誘っているのは一目瞭然。死神は死なないが、ひどい火傷を負う可能性はある。

とはいえ、儀式を行わないまま三郎を死なせるわけにはいかない。魂を輪廻の輪から外せない。ここでひるんでは悪霊の思うつぼだ。

「千鶴。すぐに行く」

八雲は自分を奮い立たせるために千鶴の名を口にする。

千鶴は常々、死神ではない自分はなにもできないと漏らすが、八雲の精神的な支えとなっているのは間違いない。

三郎に続いて火の中に飛び込んだ八雲は、ギョッとした顔を見せた三郎の腕をつかみ、有無を言わせず額に指を置く。

「なにもしてやれず、すまない」

そして素早く印をつけ、三郎を残して物置小屋を飛び出した。

物置小屋の中から、三郎の悲鳴が聞こえてくる。その瞬間、八雲の目の前に黒い靄が立ち込めた。

悪霊の気配を感じ取った八雲は自分の額に指を置き、呪文を唱える。

「輪廻させてやれずにすまない。安らかに」

八雲がそう口にした瞬間、「うぉぉぉ」という小さな叫びが聞こえたあと、靄が一瞬にして消え去った。

ひとつの魂がどの世界からも消えた瞬間だった。

三郎に放火をさせた悪霊に対する憤りはもちろんある。けれど、そもそも儀式を行えていれば、魂は黄泉に旅立てたはずなのだ。自分にも責任があると、八雲は首を垂れた。

顔を上げた八雲は、一気に燃え上がった物置小屋に視線を移す。もう三郎の悲鳴は聞こえてこない。三郎に残された時間はあとわずかだ。

「火はこっちだ！」

「水だ、水を持ってこい！」

大きな叫び声と大勢の足音が近づいてくる。八雲はうしろ髪をひかれながら牛込へと向かった。

◇◇◇

八雲が松葉の屋敷をあとにしてから二日。松葉は千鶴の前に姿を現さない。

松葉の屋敷に来てから食べ物を口にしていないせいか、寒さにやられてしまったのか、起き上がるのがしんどくなってきた。喉が無性に渇くが、昨日までのように井戸まで行く気力がない。

凍えながら夜明けを迎えた頃、まともに眠っていなかったからか、うとうとしてしまった。けれど、かすかに足音が聞こえて、ぱちっと目を覚ます。

八雲さま？

儀式から戻ってきたのかしらと体を持ち上げようとしたのに、体が重い。

「違う……」

ここは松葉の屋敷だったと肩を落とした。

そのとき、勢いよく障子が開き、松葉が遠慮なしにずかずかと入ってきた。

「な、なに？」

千鶴は慌てるが、松葉はいきなり千鶴の体に布団をかける。

「まったく。人間というのは面倒だ。寒さに震えて死にやがる」

まさか、心配してくれたのだろうか。

人間の死に直面している松葉は、凍死という亡くなり方があるのも知っているのだろう。

火鉢も行火も、そして布団すらなかったこの部屋で過ごしていた千鶴の手先は、凍るように冷たくなっている。内臓まで冷えてしまったかのようで、次第に動きが鈍くなってきていた。

千鶴が驚いていると、松葉はドサッとその場にあぐらをかき、じっと見つめてくる。八雲とは違い、所作が荒々しい。

「布団、ありがとうございます」

「お前さ……。人間って、なにか食わないと死ぬんだろ？」

「はい。寒さで命を落とすこともありますし、食べられずに衰弱して死んでいくこともあります」

千鶴は体を起こしたが、一瞬目の前が暗くなり、ふわっと体が揺らいだ。

「ふらついてるじゃねぇか。食い物はないが、飲め」

松葉が差し出したのは、血を飲まされそうになったときに使われた銚子だった。

「飲みません」

また血が混ぜられているかもしれない。千鶴は固く口を閉じて断る。

「あー、もう。今度はただの水だ。血は混ぜてない」

「松葉さんは私をだましたのですよ？　信頼できません。私は八雲さまとの約束を守ります」

布団を持ってきたくらいなので善意かもしれないが、わずかでもだまされる可能性があるのなら飲むべきではない。

「それに、私の名は台帳にはありません。飲まなくても死にませんから、ご心配なさらず。八雲さまがお戻りになるまで待っています」

千鶴の言葉に松葉は眉をひそめる。

「八雲は儀式を優先して戻ってこないかもしれないぞ」

「儀式を優先するように言ったのは私ですよ？　でも、松葉さんが牛込の魂を送りに行ってくだされば、八雲さまは少し早く帰ってこられるかもしれません」

千鶴はあえて笑顔を作って話した。それは、体力が落ちていき不安を感じている自分を奮い立たせる意味もあった。

「本気で牛込の儀式まで八雲が担うと思っているのか？」

「当然です」

「当然？」

自信満々の返事だったからか、松葉は不思議そうな表情を見せる。

「ですから、八雲さまは悪霊が生まれるのを見て見ぬ振りができる死神ではないとお話ししたではありませんか」

どうやら松葉はいまだに信じられない様子だが、確信がある千鶴は繰り返す。

「どうしてそこまで信じられるんだ」

「そうですね……。八雲さまが私を信じてくださるからでしょうか」

「どういう意味だ」

「あなたの血は絶対に口にしないと約束したら、小石川に戻ってくださいました。それなら私も八雲さまを信じるだけ。それに……万が一八雲さまに裏切られるようなことがあったとしても、私は後悔しません」

口が渇いて舌がよく回らなくなってきた。声が時々かすれるが、松葉は神妙な面持ちで聞いていた。

「裏切られてもいいと？」

「よくはありませんし、裏切らないと信じています。でも私は、一度死を覚悟した身。それなのにこの一年、とても幸せでした。八雲さまが私に温かな時間を与えてくださったのです。感謝しかありません」

千鶴が生贄の花嫁に仕立てられたのを松葉は知らないのか、怪訝な視線を向けてくる。

「さっぱりわからぬ」

松葉の様子が少し変わってきた。声が随分優しくなり、視線の鋭さも感じない。

「とにかく、八雲さまのおそばにいられて幸せだということです」

出会った頃の八雲のように、松葉も愛情というものを知らず、自分の感情を把握していないとしたら、どう説明したらいいのかわからない。

千鶴は一番大切なことを簡潔に伝えた。

「そんなに八雲が大切なら、死神になればいいじゃないか。そうしたら、死なずにずっと一緒にいられるんだぞ」

「本当は、私も儀式を手伝えたらと思いますし、ずっと一緒にいたい。でも八雲さまは、私のためにならないことは決してしません。だから、八雲さまのお言葉に従います。私は……いつか黄泉に旅立っても、必ず八雲さまを捜して戻ってきます」

きっと八雲も捜してくれる。

八雲は以前、魂は死と同時に記憶を失うが、絆の強い者同士は近くに生まれ変わることがあると話していた。八雲に再び巡り合えないかもしれないと考えれば気分が沈むが、一度の輪廻で難しければ、二度でも三度でもそのときが来るのを待つつもりだ。八雲の命は永遠なのだし。

「お前は俺が知っている人間とはちょっと違うな」

「どう違うのですか？」

問いただしたけれど、松葉は黙り込む。

「いいから飲め」

「飲みません。それが八雲さまとの約束です」

話すのがつらくなってきた千鶴は、それきり口をつぐんで目を閉じた。

それからどれくらいときが流れたのだろう。

「千鶴、どこだ！」

ぐったりしていた千鶴の耳に八雲の声が届き、重たいまぶたを持ち上げる。

いつの間にか、枕元には水や食べ物が置かれていた。

これは松葉が置いていったのだろうか。

「八雲さま」

必死に声を振り絞ったものの、うまく声が出ない。それにかさつく唇が切れて痛い。

体中から水分が根こそぎなくなったような感覚があったのに、目からは涙がこぼれてきた。

八雲は来てくれた。約束通り、助けに来てくれた。

千鶴は胸が熱くなるのを感じた。

「千鶴！」

八雲の声が近づいてきたのがわかり布団から這い出そうとしたけれど、布団が異様なほど重く感じられてできない。

「人の家にずかずかと入ってくるな」

松葉の声も聞こえる。

「千鶴はどこだ。返してもらう」

「そのよれよれの姿はなんだ。尊敬される死神さまとは思えないね」

よれよれの姿？

松葉の言葉に、千鶴の顔が引きつる。

八雲は無事なの？

自分が牛込の儀式までと無茶なお願いをしたせいではないかと泣きそうになった。

力を振り絞り、這ったまま障子のそばにたどり着く。

先日八雲が来たときは結界が張られていたようだが、今日はどうなのだろう。千鶴にはわからなかったが、八雲に会いたいという気持ちが勝り障子に手をかけた。

身構えたもののなにも起こらず、スーッと障子が開く。結界は張られていないようだ。

「八雲さま……」

叫んでいるつもりなのに、風の音にかき消されてしまうほど弱々しい声だった。

「千鶴！」

けれど、奇跡的に八雲には届いたようだ。いや、八雲には自分を察知する力が備わっているのかもしれないと考えると、緊張が漂っているのに口元が緩む。八雲がそばにいるというだけでこれほど心強いのだ。

「ここ、です」

もはや声にならない声を絞り出すと、足音が近づいてきたので首を持ち上げた。

八雲さまだ。八雲さまの足音だ。

千鶴の心臓が早鐘を打ち始める。

会いたい。早く八雲さまの胸に飛び込みたい。

心が急くものの体が言うことをきかず、意識が遠のきそうになる。

「千鶴」

「待て！」

八雲の足音が焦るように速くなり松葉の止める声が聞こえた直後、体を抱きかかえられた。

「千鶴……」

「八、雲……さま？」

目をうっすらと開けたものの、涙で視界が曇り、顔がよく見えない。

「遅くなってすまない」

千鶴は焦げくさい八雲の着物の襟元をつかみ、首を横に振る。

遅くなろうが彼が迎えに来てくれたことがうれしくてたまらないのだ。

「松葉！　お前のことは決して許さぬ。お前には千鶴を幸せにできるはずもない。絶対に渡さん」

怒号のあと強く抱きしめられた千鶴の目から、涙が一粒こぼれた。これは再び八雲の腕の中に戻れた喜びの涙なのか、つらかった数日を思ってのものなのか、はたまたもう頑張らなくていいという安堵からなのか、千鶴は自分でもよくわからなかった。

「幸せだとかくだらない。死神のくせして人間みたいなことを言いやがって」

「私も千鶴に出会うまでは、そうした感情がよくわからなかった。しかし、死神であっても幸せを感じることができるのだ。松葉がわからないのは勝手だが、私の幸せは否定させない」

ふたりの会話を聞いていた千鶴は、八雲の『私の幸せ』という言葉に胸がいっぱいになる。

死神の血の秘密について知らず、人間と死神とでは相容れないなにかがあるのではないかと悩んだけれど、今のひと言で完全に不安がなくなった。今後も死神と人間の違いを痛感し悩むときが来るかもしれないが、八雲が幸せだと言うのならそれで十分だ。

松葉がすぐさま反論するのではないかと思ったが、意外にもなにも言わない。動くのがつらい千鶴は目だけを動かして松葉を盗み見ると、以前結界越しに八雲と対峙(たいじ)したときの視線の鋭さは鳴りを潜めていて、小さな溜息をついている。

「愚かな死神だ」

「千鶴のそばにいられるのなら愚かでも構わぬ。それよりお前だ。死神としての責任を果たせ」

「うるさい。お前に説教されるのが一番気に食わないんだよ！」

松葉は大声で怒鳴るが、前回のときのような恐怖は感じなかった。

「……松葉、さんは、私の……ために、食べ、物を用意して——」

千鶴が必死に伝えると、八雲は部屋の中に視線を送る。

「私、が……口にしな……かった、だけ。もう、怒らない……で——」

「千鶴……」

千鶴が口の端を上げると、八雲は困惑の表情を見せる。

「怪、我を……？」

八雲からかすかに血のにおいがする。しかし八雲の全身を確認するだけの体力が今の千鶴にはなかった。

「私は大丈夫だ。手を少し。触れてはならんぞ？」

千鶴はうなずく。

「チッ」

八雲と会話を交わしていると、松葉の盛大な舌打ちが耳に届いた。

「千鶴は俺が知っている人間とは少し違うようだ。さっさと出ていけ。俺は儀式に行かねばならん」

松葉の言葉に、八雲は目を大きく見開いた。

一方、千鶴は頬を緩める。ぶっきらぼうで意地っ張りな松葉なりの反省の辞のような気がしたのだ。

八雲を煽り、どこまでも身勝手な松葉に最初はあきれていた。けれども、松葉の人間への怒りは納得できるし、ほかの死神が八雲を慕いだしたことで焦りを感じている彼の気持ちも理解できなくはない。

だからといって自分をさらい、八雲や浅彦を困らせたのが正しかったとは言わないが、弱る姿を見て、布団や食べ物を用意したりするような優しさも持ち合わせているのだ。

千鶴を抱いて立ち上がった八雲は、松葉に近づいていく。

「お前、牛込の儀式もやったんだな」

立ち尽くす松葉とすれ違う際、八雲は声をかけられて足を止める。

「千鶴の願いだからな」

「牛込の件は礼を言う」

八雲の屋敷に戻れると気が抜けたせいか意識が飛びそうになった千鶴の耳に、松葉の無愛想な謝辞が届いた。

「……勘違いするな。俺はお前が俺の幽閉を阻止したことを言っているだけで、別に人間がどうなろうが知ったことではない」

松葉は焦った様子で付け足す。

「そうか。ただ、やはり輪廻の輪は守るべきだ。なにがあっても絶対に」

八雲が語気を強めるのを聞いた千鶴は、なにかあったのかもしれないと感じたものの問いかける力は残っておらず、一旦閉じたまぶたを持ち上げられなかった。

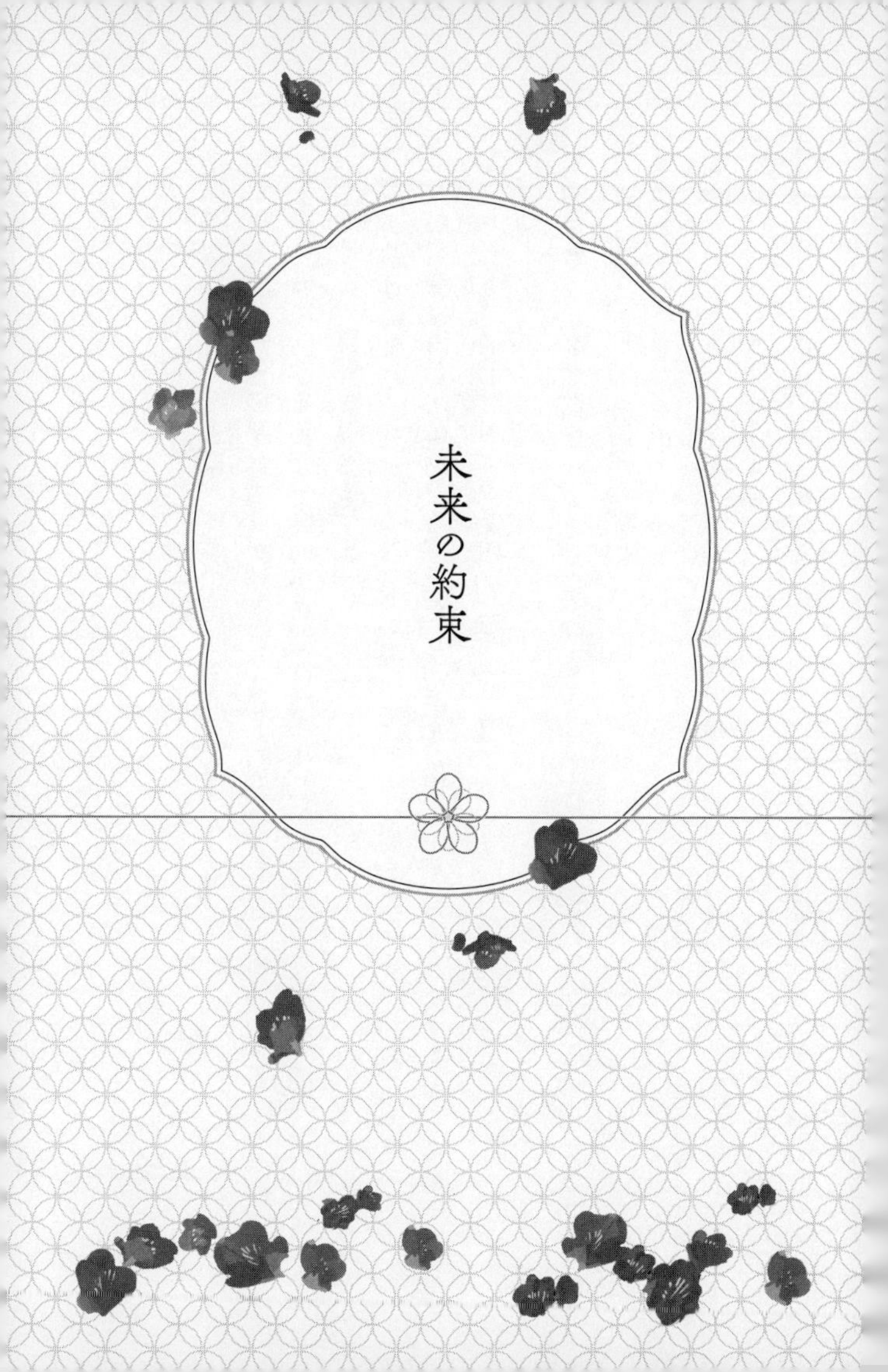

未来の約束

千鶴が次に目覚めたのは、八雲の屋敷の布団の上だった。

年季の入った飴色(あめいろ)の竿縁(さおぶち)天井が懐かしく感じられて、目頭が熱くなる。

ふと顔を横に向けると、一之助が布団に突っ伏した窮屈そうな姿勢で眠っていた。

「一之助くん、風邪をひきますよ」

八雲が助けに来てくれたときは喉が渇いていて、唇を動かすと切れてしまいそうだったが、今は滑らかに話せる。ただ、力はまだ戻っておらず、くてんくてんに眠っている一之助を布団の中に入れようと試みたものの、びくともしない。

「一之助――」

千鶴がもう一度名前を呼ぶと、「千鶴さま?」という大きな声が障子の向こうから聞こえてきて、同時に障子が開いた。

「浅彦さん」

「あぁ、よかった。すぐに八雲さまを呼んでまいり――」

「もういらっしゃいますよ」

枕元に座った浅彦の話の途中で八雲の足音に気づいた千鶴は、笑みをこぼした。八雲の足音がいつものようにゆったりとはしておらず、急ぎ足だったからだ。

「千鶴」

案の定すぐさま顔を出した八雲は、千鶴の名を口にしたあとは言葉が続かない様子で、場所を譲った浅彦に代わってドサッとあぐらをかいた。

「八雲さま」

「よかった」

これほど苦しげな顔をした八雲を初めて見たかもしれないな、と千鶴はふと考える。

八雲が千鶴の手を握ると、浅彦がまだ起きそうにない一之助をヒョイッと抱えて部屋を出ていった。

「ご心配をおかけしました」

「いや。私が謝らねばならぬ。危険な目に遭わせて申し訳ない」

深々と頭を下げる八雲の右手は布が巻かれていて痛々しい。

「痛い、ですか?」

「なんともない」

そう言いきった八雲だったが、千鶴にちらりと視線を送ってからもう一度口を開く。

「本当は少し痛む。しかし、お前がこうして隣にいてくれれば耐えられるくらいの痛みだ」

八雲の意外な言葉に、千鶴の顔は自然とほころんだ。

「痛いと教えてくださってうれしいです。そうでないと妻の出番がありませんもの。それに、私はずっとおそばにおります。八雲さまが嫌だとおっしゃっても——」

「言うわけがない」

唐突に声を大きくした八雲に驚いた千鶴は、目を丸くする。けれど、発言を即刻打ち消されて胸に喜びが広がった。

大丈夫。私は必要とされている。愛されている。

あらためてそう確認できた千鶴の心は躍った。

松葉の屋敷にいた間、血を飲まされそうになった以外は思ったほどひどい扱いを受けなかったものの、やはり追いつめられていた。八雲が必ず迎えに来ることも、自分の死期が今すぐでないこともわかっていたけれど、ひどい怪我を負う可能性もあったのだ。

しかし無事に戻ってこられた上、こうして八雲の愛を確認できた今は、たまらない幸福を感じている。

死を覚悟して神社を訪ねたのに、自分を殺めると思っていた相手に強い愛を向けられるのは意外だった。あのとき、震えながら白無垢を纏っていなければ、こんな幸せは経験できなかっただろう。人生、なにがあるかわからない。

「病み上がりに大きな声を出してすまない」

「いえ。八雲さまが迎えに来てくださってうれしかった」

八雲の腕に抱きかかえられた瞬間を思い出し、声が震える。どれだけ信じていても、あの瞬間は胸に迫るものがあった。

「当然だ。約束したではないか」

「はい」

千鶴が笑顔で応えると、八雲は真顔になる。

「お前は強い。私には真似できないほど立派な心を持っている。しかし、妻が苦しむ姿は見たくない」

「八雲さま……」

眉根を寄せる八雲を見ると、どれほど心配をかけたのかがわかる。

「もちろん、私が死神であるせい――」

「私は自分の意志で死神の妻になったのです」

千鶴は八雲の発言を遮った。自分を娶ったことを後悔してほしくないのだ。

「千鶴……」

「八雲さまに追い出されたら、悲しみの涙が止まらなくなるに違いありません。でも、八雲さまにこうして触れていただけるだけで、喜びの涙が止まらなくなるのです」

「お前がいなくなるなんて考えられない。本当は、永遠に一緒にいられるように、血の儀式をして死神にしてしまいたい」

思わぬ感情を吐露されて、千鶴は目を瞠った。

「あきれるだろう？　浅彦のことがあって二度と人間の輪廻の輪を切るまいと決意したのに、こんなひとりよがりの感情で千鶴を縛りつけたいなんて、本当に情けない。松葉にあんな啖呵を切ったというのに」

千鶴は小さく首を横に振った。

まさか八雲の心の中にそんな葛藤があったとは知らなかったが、ほかの死神からも一目を置かれているという彼にも、人間らしい――いや、人間ではないけれど――一面があるのが微笑ましく思えたのだ。

なにもかも完璧でない八雲のほうが身近に感じられるのは、千鶴自身が欠陥だらけだからだろう。今回もそうだったが、自分の信じた道を頑として譲らない頑固さがあるのは自覚している。こうして怪我もなく無事にこの屋敷で笑っていられるのは、八雲が助けに来てくれたおかげだ。

そうした欠陥を八雲に埋めてもらってばかりだと恐縮していたけれど、これからは自分にも、八雲にできることがあるかもしれないとうれしくなる。

「永遠に一緒にいたいと思ってくださったなんて私、うれしくて……」

「当然だ。千鶴に白無垢を着せたあの日から、ずっとそう願っていた」

八雲は千鶴の手を持ち上げて、甲に唇を押しつける。八雲の唇が触れた部分がたちまち熱くなるのは気のせいだろうか。

「しかし、やはり千鶴を死神にはしない。私が責任をもって魂を輪廻させる。そんな私は嫌いか？」

「いえ」

八雲が苦しみつつも出した答えに千鶴は従うつもりだ。松葉に話したように、八雲が自分のためにならないことをするわけがないからだ。

「その代わり、必ず千鶴を見つけだす」

「私も八雲さまを捜します」

千鶴が応えると、八雲の顔が近づいてきて熱い口づけが落とされた。

千鶴の体力は少しずつ回復してきた。

目覚めたときに喉が潤っていたのは、八雲が口移しで何度も水を飲ませてくれたからだとか。

ほのかに頬を上気させた浅彦からその話を聞いたときは、千鶴は顔から火が出そうになるほど恥ずかしかった。

この屋敷に戻ってきてからの八雲は、儀式以外の時間をすべて千鶴のために費やしている。彼が甲斐甲斐しく世話を焼いてくれるのが、千鶴にはうれしいやらくすぐったいやら。とてもありがたく思っている。

深く眠っていたらしく夕食の時間を逸してしまった千鶴のところに、浅彦が芋粥を運んできた。

もう夜の帳(とばり)が下りていて、どうやら八雲は儀式に向かったようだ。

まだ起き上がるのがやっとの千鶴が心配だからと、八雲はひとりで小石川に出向き、その間はこうして浅彦をそばに置いているのだ。死者の数が減ったので、それで十分に対応できるらしい。

「千鶴さま、また芋粥で申し訳ありません」

一之助の好物は、ほんのり甘くて千鶴も好きだ。たしかに毎日では飽きるような気もするけれど、浅彦に芋粥が食べたいとねだっているだろう一之助の姿を思い浮かべると、自然と頬が緩む。

「いいですよ。一之助くんの笑顔が見られれば」

千鶴が松葉に連れ去られたあとの一之助は、大泣きしたせいで声がかれていたそうだ。けれども、八雲が一旦戻った折に「千鶴は必ず助ける。それまでこの屋敷はお前が守るのだ」と話して聞かせたら、途端にきりりとした凛々(りり)しい顔つきになりうなずいたのだとか。

その後、八雲に命じられた浅彦が駆け込んできたときは、松葉と勘違いして竹ぼうきを手に立ち向かおうとしたという、かわいらしくも勇ましい話を聞いた千鶴は、一之助を頼もしく思った。

そんなこの屋敷の小さな守衛は、八雲が千鶴を連れ帰ってくると、顔をゆがませて大粒の涙を流したようだ。ずっと不安と闘っていたせいか、その後は泣き疲れて丸一日眠りこけてしまったらしいが。

「一之助は千鶴さまが戻られてから『千鶴さまは僕が守る』とやる気満々でして。八雲さまに頼もしいと褒められて、鼻を高ーくしているのですよ。それで先ほど、芋粥以外のものも食べないと千鶴さまは守れないと八雲さまにけしかけられ、みそ汁に入っていた苦手ななすをパクリといっておりましたが、それはそれはすさまじい形相で、見ている私が噴き出してしまいました」

微笑ましく感じた千鶴は、その光景を一緒に見たかったなと残念に思った。自分が思っている以上に衰弱しているようで、すぐにうとうとしてしまうため叶わないのだ。

「私も一緒に食べたいです」

「すぐに元気になられますよ。もう少しの辛抱です」

千鶴は浅彦から粥を受け取りながら、今日も儀式を行っている八雲の顔を思い浮かべた。

「一之助くんは、もう眠りましたか？」

「はい。千鶴さまと同じ布団がいいと言ってききませんでしたが、今は千鶴さまにはごゆるりとお眠りいただきたいですし……」

浅彦は途中で言葉を濁し、妙に照れた顔をする。

儀式を終えたあとの八雲が、毎晩ここで眠っているからだろう。しかも、目覚めると抱きしめられていることが多く、夫婦といえどもなんとなく恥ずかしい。ただ、松葉の屋敷で意識を失うほど衰弱していた自分を知っている八雲が心配しているのだとわかっているため、腕の中に包まれたまま、しばらくまどろんでいるのだ。

八雲のどこかに触れているだけで、不安がすーっとなくなるから不思議だ。八雲も同じような気持ちだとうれしいと、千鶴はここ数日考えている。

「まあ、一之助は私にお任せください。しかし最近寝相が悪くて、朝になると布団から飛び出すだけならまだしも、部屋から出ていきそうな勢いなのでどうにかならないかと」

浅彦がそんなふうにこぼすので、千鶴はくすりと笑った。たしかに以前一緒に眠ったときに、部屋の隅まで転がっていった覚えがある。

「安心して深く眠っている証拠ではありませんか？」

「そうですね。……千鶴さま、私のせいで随分怖い思いをさせてしまいました。申し訳ありません」

「ですから、浅彦さんのせいではありませんし、無事に戻ってこられたのですから、もう言わないでください」

浅彦は千鶴が目覚めたあと、どれだけやめてほしいと懇願しても何度も謝罪の言葉を繰り返す。

もちろん儀式が旅立ちに間に合わなかったのは残念だ。しかしこの度のような混乱では、八雲ひとりではもっとたくさんの悪霊が生み出されてしまっただろうし、決して浅彦が手を抜いたせいではないとわかっている。

〝未熟だから〟で済ませられるほど死神の役割は簡単ではないのを、浅彦が一番痛感しているはず。だからこそ八雲にも自分にも頭を下げ続けるのだろうが、苦しみながらも死神としての役割を放り出さず、その後も儀式を続けた浅彦を責める気にはなれなかった。

松葉に連れ去られたのも、浅彦の失敗とは直接関係がないのだし。

「はい」

「あっ、もしかしてそれで心が軽くなるなら、いくらでもどうぞ。でも、私も八雲さまも、もちろん一之助くんも、浅彦さんが元気に笑っているのが一番うれしいんですよ」

浅彦は少しずつ笑顔を見せるようにはなっているが、以前のような弾けた元気さではない。どこか無理をしているように感じる。

「そうですね。魂をひとつ消さなくてはならなくなったことは、なにも言い訳できませんし、ずっと背負っていくつもりです。ですが、死神となり八雲さまにお仕えするのを決めたのは私自身です。死神としての役割を果たせるように精進いたします」

無念がにじみ出ているような浅彦の言葉に、千鶴はうなずいた。

輪廻できるはずだった魂が消えなければならなかったのだから、もっと気楽に考えればいいのになんて絶対に言えない。しかし八雲も浅彦も、儀式の失敗で幽閉される可能性があるから悔やんでいるのではなく、純粋に人の魂の重みをわかっているからこれほど強く後悔するのだ。

人間の千鶴としては、ときには罵倒されたり怪我をしたりしながらも黙々と小石川に通い続けるふたりに感謝こそすれ、憤りなどない。

「すみません。芋粥が冷めますね」

「おいしそうです。いただきます」

千鶴が器を持ち上げて香りを嗅ぐと、浅彦は静かに部屋を出ていった。

その晩、八雲が戻ってきたのは深夜になってからだった。

おかしな時間に眠ってしまった千鶴は眠れず、布団の中で八雲を出迎えた。

「おかえりなさいませ」

「起きていたのか。調子はどうだ？」

「はい。浅彦さんの芋粥がおいしくて、全部いただけました」

「うん」

昨日までは残していたからか、八雲がうれしそうに微笑む。

「外は寒かったですか？」

「今日は少し暖かい。このまま春が来るといいのだが」

庭の梅が花を満開にさせていると聞いたのに、寝てばかりの千鶴はそれをまだ見ていない。

梅といえば、神社を訪れたときに最期の姿を見届けてもらおうと思った花だ。もう少ししたらつぼみが膨らんでくる桜ももちろん好きだが、そういう意味では梅のほうが千鶴の心に住み着いている。

「梅の花は美しいでしょうね」

千鶴がふと漏らすと、八雲は頬を緩める。

「一緒に見るか？」

「いいんですの？」

「もちろん。だが体を冷やしてはならん。私の腕の中であれば、という条件付きだ」

驚くような提案に目を丸くした千鶴だったが、笑みがこぼれた。

「着物を何枚も重ねたほうがいいのでは？」

「条件を呑まないのなら、梅はあきらめよ」

命令口調で言う八雲だったが、その目は笑っている。

ここに来たばかりの頃は、こんなことを口にしなかったのに。

千鶴は随分柔らかくなった八雲の変化に感激していた。

愛を知らなかっただけでなく、痛みも苦しみもわからなかった彼が、様々な感情をあふれさせるのが微笑ましいのだ。

「仕方ないですね」と口にする千鶴だけれど、八雲の腕の中が一番落ち着く。

無事に戻ってこられたとはいえ、死神の世界はまだまだ千鶴の知らないことだらけ。けれど、三条家にいた頃よりずっと心が荒立たないのは、八雲が必ず守ってくれるという確信があるからだ。そんな彼の腕の中が落ち着かないわけがない。

八雲は着物の重ね着を否定したくせして、千鶴に何枚も羽織らせてから抱き上げる。

そろそろ歩けそうではあったが、千鶴は八雲に甘えた。

太陽が昇っているうちは春を感じる暖かな風が吹く庭も、深夜となればやはり冷える。

縁側で千鶴を隣に座らせた八雲は、千鶴の手を傷が癒えたばかりの大きな手でそっと包み込んだ。

「やはり冷たい」

「八雲さまの手は温かいですね。……きれい」

馥郁（ふくいく）たる梅の香に鼻腔（びこう）をくすぐられた千鶴は、もう満開になっている花に視線を送り微笑む。

周りの木々は葉を落としているというのに、梅だけが可憐で鮮やかな花を見事に咲かせているのが不思議だった。

「万代（よろずよ）に年は来経（きふ）とも梅の花絶ゆることなく咲きわたるべし」

「なんだ、それは？」

千鶴が唐突に和歌を口にしたからか、八雲が首を傾げる。

「昔の人が詠んだ歌です。どれだけ月日が流れても、梅の花は絶えることなく咲き続けるでしょうという意味で……」

それだけ説明しただけなのに、八雲は千鶴の胸の内を理解したのか、千鶴の肩を引き寄せて手に力を込める。

「私はここでこの梅とともにお前を待っている。何年、いや何百年かかっても千鶴が戻ってくるのをずっと。いや、待てないな。私が捜しに行って見つけてみせる」

「せっかちですね。でも、うれしい」

八雲が千鶴を死神にしてそばに置きたいと思うのも、千鶴が永遠の命を授かって

ずっとふたりで生きていきたいと思うのも、事実だ。

けれども、死神の背負う責任の重さも、死ねない残酷さも承知している八雲が、自

分を死神にしないと決めたのだから、千鶴は従うつもりだ。

とはいえ、松葉の屋敷で八雲との別れのときが来ると強く意識したせいか、怖くて

たまらなくなった。黄泉に旅立つのがではなく、八雲に会えなくなるのが。

「千鶴に出会うまで、自分にこんな感情があるとは知らなかった。浅彦がすずを思う

強さも、なぜこれほどまでにと不思議だったのだが、今ならよくわかる」

八雲は千鶴の頭を自分の肩に寄りかからせて、解かれている千鶴の長い髪をゆっく

り撫で始めた。

「残念な終わり方ではありましたけど、すずさん、浅彦さんにあそこまで思われて幸

せだったでしょうね」

「すずに印をつけたときは、無論残酷な旅立ちだと感じたし、最期まで強がりを吐く

強い女だと思ったが、すずの言葉は、強がりではなく本音だけだったんだろうな」

「本音？」

「いや、なんでもない」

八雲はそれきり口をつぐむ。

すずは八雲になにか言葉を残したようだ。けれども彼がそれを口にしないのなら、自分が聞くべきではないと思った千鶴は引いた。

冷えた空気が千鶴の頰を突き刺してくる。それでも少しも寒くはないのは、八雲の体温のせいか、彼の温かい言葉の数々が胸に響いたからなのか判別はつかないが、千鶴はたまらない心地よさを感じていた。

私の帰るべき場所は、やはりここなんだわ。

松葉の屋敷に連れていかれたとき、ここに帰ってきたくて仕方なかった。もう随分会っていない両親や弟にもいつか再会できたらうれしいけれど、一番求めていたのは浅彦も一之助もいるこの屋敷だ。そして八雲のこの腕の中なのだと、千鶴は頰を緩める。

「八雲さま」

「なんだ？」

「また来年もその次の年も、私とこうして一緒に梅を見ていただけますか？」

「もちろんだ。お前がここに来てから四季というものを楽しめるようになった。なにを見ても感情が動くのだ。それを教えてくれた千鶴には感謝しかない」

柔らかな笑みを浮かべる八雲は、千鶴を強く抱きしめた。

千鶴はそれから五日ほどで、ほぼ元通りの生活ができるようになった。

「千鶴さまぁ、遊ぼうよ」

待ち構えていた一之助がべったりくっついているせいで、八雲は苦笑している。

「一之助。千鶴さまは元気になられたとはいえ、まだ無理はきかないのだ。わがままを言うでない。こっちでけん玉をするぞ」

「浅彦さまは、ちっともうまくならないんだもん。もう飽きました」

引き離そうとした浅彦は正直すぎるきついひとことを食らい、思いきり顔をゆがめる。

そんな浅彦を見て千鶴が含み笑いをしていると、「一之助に見捨てられるとは」と八雲も会話に加わってきた。

本当の家族ではないけれど、それ以上の強い結びつきがある気がするのは、それぞれが抱えている胸の傷を互いに理解し、いたわり合いながら前に進もうとしているからなのかもしれない、なんて千鶴はふと思う。

「一之助くん遊ぼうね。なにしようか」

「お手玉がいい！」

「わかった」

着物をつかんで放さない一之助が、また自分がいなくなるのを恐れているのではないかと感じた千鶴は、笑顔で応える。

幼い彼は千鶴が連れ去られたあと、寂しさと不安に襲われ、それでも八雲や浅彦に言いつけられて、ひとりで必死に耐えたはずだ。今はべったり甘えさせてあげよう。

「浅彦さん、お掃除をお願いしてもいいですか？」

「もちろんです。一之助がすみません」

「なに言ってるんですか。一之助くんは、もう私の子同然なのですよ。喜んで」

子を授かった経験がない千鶴には、親子の触れ合いというものについて、しっかりわかっている自信はない。しかし自分が幼かった頃、弟の清吉と一緒に遊んでほしいと、父や母を振り回していたような記憶がある。特にどこかに出かけなくても、新しいおもちゃがなくても、皆で笑っていられたのがとても楽しかった。

一之助にもそんな経験をさせてあげたい。

千鶴はそう考えながら、ぱあっと表情を明るくした一之助に手を引かれて、別の部屋へと向かう。そのときに八雲と視線が絡まり合い、少し照れくさかった。

一之助が自分の子なら、八雲が父親になるのか……と余計なことを考えたせいだ。

死神と人間の間に子供は授かれるのだろうか。

人間界であれば、婚姻ののち跡継ぎとなる子を生むことこそ女の仕事だと言われる。妻となった女は夫の言うことに従わなければならないし、跡取りを生めないと判断されれば家を追い出されることもあり得る。

実際、三条家で一緒に奉公していた者の中には、なかなか子を授かれずに一方的に離縁を言い渡された使用人もいた。

八雲の妻となったものの、そんな心の重荷はまったくない。

死神と人間との間に子を授かれるのか、はたまたその子は死神なのか人間なのか。

八雲たちとの生活が心地よすぎるせいで深くは考えていなかった疑問が、千鶴の頭の中に浮かんだ。

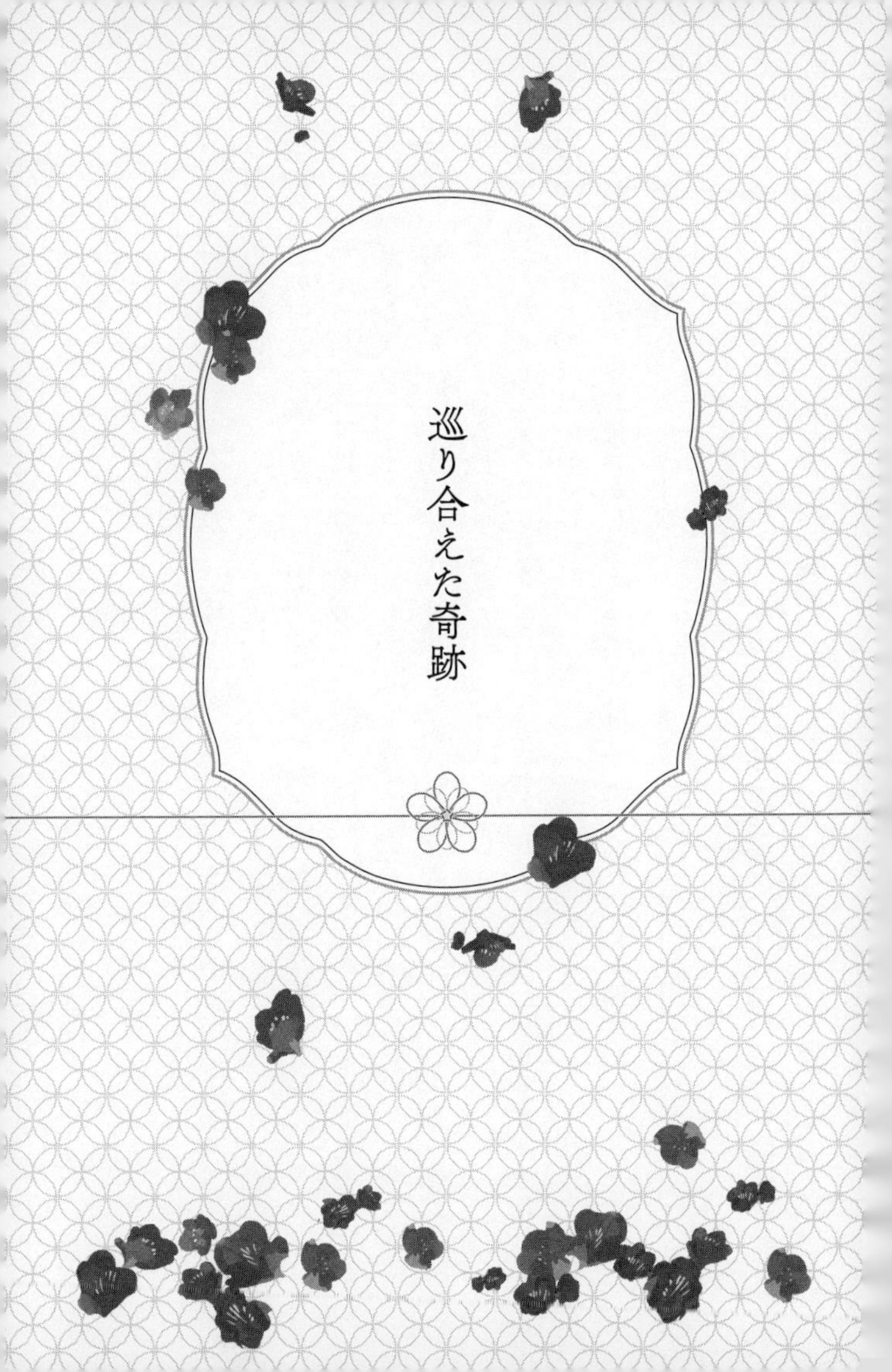

巡り合えた奇跡

千鶴と一之助を見送った浅彦は、優しい目でふたりの背中を見つめる八雲の表情が小石川で儀式を行うときとはまるで違い、あまりに柔らかくて思わず笑みがこぼれた。

千鶴がこの屋敷に来るまでは、たとえ一之助相手でもこんな顔を見せたことはなかった。だからか一之助は八雲を慕ってはいたが、抱っこをねだったりうしろをついて回ったりするようなことはなかったのに、千鶴と一緒にいる八雲にはすぐに腕を伸ばして〝抱っこして〟と主張する。八雲もまんざらではない様子で、軽々と一之助を抱き上げて父親のような顔をする。

浅彦はそんな三人を見るのが好きだ。すずと自分が叶えられなかった分、八雲たちには幸せになってほしいのだ。

千鶴と一之助の姿が視界から消えると、八雲が振り向いて口を開く。

「浅彦。掃除はいいから少し休め」

「いえっ」

八雲にじっと見つめられると、心の隅々まで見透かされているような気がして冷や汗が出る。

「私たちは食わずとも寝ずとも死なぬ。しかし人間ほどではないが疲れるし、ここが痛むこともある」

八雲が自分の胸に手を置く。

「まあ、私も千鶴にそれを教えてもらったのだから偉そうなことは言えないが、今のお前には休息が必要だ」

浅彦の失態で生まれた悪霊は、八雲が消した。松葉に捕らえられた千鶴も、痛々しい姿で戻ってはきたが、こうして一之助と遊べるまでに回復している。

張り詰めていた気がようやく緩んだせいか、浅彦は八雲の言う通り、疲れを感じていた。

「ありがとうございます。お言葉に甘えます」

「あぁ。そうだ、浅彦。千鶴が随分料理が上達したと褒めていたぞ」

「もったいないお言葉。もっと精進します。……それでは、失礼いたします」

なんと優しい夫婦なのだろうか。

千鶴は、臥せっていた間、代わりに料理を作っていた自分を労(いた)わってそう口にしたのだろうし、それをわざわざ伝えてくる八雲も気遣いに抜かりがない。

すずとこんな夫婦になりたかった……。

もう決して叶わない願望ではあるが、心の中で思うくらいは許されるだろうか。

浅彦はすずの笑顔を思い出しながら、自室に向かった。

部屋の真ん中で大の字になり寝ころんだものの脳は冴えていて、余計なことばかり考えてしまう。

幼い子供が放火犯だと知ったときはひどく驚いた。しかも自分の失敗から生まれた悪霊に取り憑かれて罪を犯していると知り、泣きそうになり必死にこらえた。

泣きたいのはあの子だと思ったからだ。

八雲から〝決して儀式に遅れてはならない。たとえ無理やりになっても、台帳の時刻は厳守せよ〟と何度も言い聞かせられていたのに、激しい炎に包まれた家屋でひどい火傷にのたうち回り、断末魔の叫びをあげていた女への印を一瞬躊躇してしまった。

この女がこれほどつらい思いをしなければならないような悪事を働いたのだろうか、と考えているうちに、すずを思い出してしまったのだ。おそらくこの女もすずと同じように自分に非があって苦しんでいるのではないと思ったら、手が伸ばせなかった。

罪のない女こそ黄泉へと導き来世での幸せを願うべきだったのに、未熟さゆえ儀式に失敗し、輪廻するはずだった魂を消さなければならなくなってしまった。その上、幼い男児の手を汚させるとは。

悪霊となった魂は、元の人格とはまるで関係がない。優しさ、慈悲深さ、穏やかさといった感情はすべてそぎ落とされ、醜くあくどい行為を繰り返すようになる。

とはいえ、浅彦が死神となり八雲に仕えてから一度も儀式の失敗を経験しておらず、身に迫ったものとしてとらえられていなかった。心に隙があったのは否定できない。

けれど、八雲は失敗をとがめなかった。

手が足らず、見習いにいきなり儀式を押しつけたという責任を感じていたようだったが、八雲に落ち度などひとつもない。むしろ、死の時刻に間に合わなければ意味がないとしっかり胸に刻まれている八雲がすべての儀式を行ったほうがうまくいったかもしれない。

そう考えた浅彦は、いっそ罵倒されたほうがましだとすら思った。

儀式の失敗を重ねると、死神は役立たずの烙印を押されて用なしとなり幽閉される。永遠の闇に放り出されて、誰とも会えず苦しくても死ねず、まさに地獄だ。

小石川は八雲の責任となる。つまり、一瞬の気の迷いで魂を悪霊にしてしまっただけでなく、尊敬してやまない八雲を危険にさらしてしまったのだ。

浅彦は自分の情けなさに頭を抱えていた。

「あぁぁぁ！」

考えれば考えるほど自分の未熟さにあきれ、大きな声が出てしまう。

怪我をして血を流した八雲は、心配する千鶴を不自然なくらいに強く拒んで遠ざけた。

千鶴の代わりに浅彦が手当てをしたが、その間八雲は、なんとも言えない複雑な顔をして黙り込むだけだった。

おそらく、千鶴に血に触れてほしくなかったのだ。

死神の血は、ときに危険な代物となる。たった一滴のそれと死神の誰もが知る呪文が組み合わさった瞬間、人間でも死神になる。

しかし死神になれば、永遠の命が手に入る。大量の悪霊を生み、不良の烙印を押されると幽閉という恐ろしい事態が待ってはいるが、どんな手抜きの送り方でも儀式を遂行すればよいため、幽閉された死神はほんのわずかだという。

つまり、千鶴に死神になる儀式を施しても、永遠に一緒にいられるという利点のほうが大きい。それにもかかわらず、八雲が血に触れさせないように気をつけているのがどうしてなのか、浅彦には不可解だった。

ふたりからは、死神と人間という垣根を越えた愛を感じるからだ。すずと自分よりずっと強い絆があるのなら、千鶴に永遠の命を授けて一緒にいればいい。すずにもう一度会えるなら、自分ならそうする。

ただ、どんなときでも淡々と儀式を行わなければならないのは、何度経験してもつらいものだ。すずや自分が印をつけられなかった女のように、悪事を働いたわけでもないのに苦しみながら逝かなければならない人間を前にしたら、優しい千鶴の心は壊れてしまう。

もしかしたら、八雲はそんなふうに考えているのではないかと思った。

それが本当の愛というものなのかもしれない。深い愛があるからこそ、八雲は千鶴を死神にしないのだ、きっと。

浅彦は、愛する者と永遠に夫婦であり続けられる可能性が目の前に転がっているのに、それに手を伸ばそうとしない八雲の器の大きさに驚くとともに、勝手な気持ちを押しつけてすずを引き止めてしまった自分の度量の狭さに打ちのめされた。

「すず……」

もうここに来て何年経ったのかすらわからなくなったが、今でも容易にすずを思い出せる。

こっそり遠くから見つめていると、視線が合った瞬間に、驚きながらはにかむ姿。

霜が降りるほど寒い朝。冷たい井戸水での洗濯を言いつけられて、真っ赤になった手に息を吹きかけながら必死に取り組む健気（けなげ）な様子。どんな理不尽な要求にでも顔を上げて、「はい」と返事をする凛々しい表情。そして、庭に咲いた桜の木を見上げたときに見せた、あまりに美しくて声をかけるのもためらうような柔らかな笑み。

「すず」

何度呼んでも、もうすずはこの腕の中には戻ってこない。死神として生きることを選んだのは自分だとわかっているが、浅彦の目からは涙があふれる。

八雲ほどの度量があれば……すずを死なせずにすんだかもしれない。いや、死の期限は決まっているのだから、すずがあの日に命を落とすのは必然だった。

しかし、黄泉への旅立ちが決まっていたとしても、ほかの男に犯されるようなつらい目に遭わせてしまったのは、やはり自分の浅はかな行動のせいだ。自分がすずを地獄に突き落としたのだ。

激しく感情が揺れ動き、考えが堂々巡りをする。

八雲を尊敬し、千鶴の高潔さに感心している浅彦だが、ふたりを見ているのが苦しくなってきている。自分の情けなさをより実感するからだ。

浅彦は髪に手を入れ、かきむしった。

会いたい、すず。いや、もう一度あの日の朝からやり直したい。そうしたら今度はきっと追いかけたりしない――。

「浅彦」

すずのことばかり考えていると、いつの間にか外が薄暗くなっている。障子の向こうから八雲の声がしたので慌てて出ていった。

「はい」

「儀式に向かう。身を清めてこい」

「千鶴さまのそばにいなくてもよろしいのですか？」

千鶴がここに戻ってきてから、小石川の儀式はずっと八雲ひとりで行っていた。

「千鶴がそうしろと言うのだ。一之助と遊んで疲れたのだろう。先ほど夕飯を食べてふたりで布団に入った。私より浅彦を頼むと言ってからね」

「あっ……」

まだ本調子でない千鶴にまで気を使わせたのが申し訳なく、浅彦は眉根を寄せる。

「申し訳ございません。すぐに」

八雲に深く頭を下げた浅彦は、慌てて湯浴みに向かった。

そういえば夕飯の支度もしなかったが、千鶴がしたのだろう。

千鶴が松葉の屋敷に連れ去られたあの日から八雲の髪が結われることはなかったが、今日は組紐(くみひも)で結われていた。それも元気になった彼女が施したはずだ。

千鶴の回復がうれしいのに、浅彦の心は晴れなかった。

久しぶりの小石川だったが、まだどこか焦げたにおいが漂っている。八雲が悪霊を消してから新たな放火は発生せず、死にゆく者の数も落ち着いた。

とはいえ、今日の儀式は火災で負った火傷が治癒せず亡くなる者が対象だ。

「まだ火事の犠牲者がいるのですね」

浅彦が漏らすと、八雲はうなずく。

「火傷の範囲が広く、しかも傷が膿むと、手の施しようがないと医者から見放される。なにもできずにただ横たわるだけで、意識が朦朧としたまま逝く者が多い」

八雲は浅彦が千鶴のそばにいた間、そうした人間と対峙してきたのだ。

本来なら自分がその役を買って出て、千鶴のそばには夫である八雲がいるべきだ。それなのに、未熟でできないのが浅彦はもどかしかった。

いや、正直に言えば怖い。また儀式に失敗したら、あの男児のように不幸な犠牲者を生んでしまうばかりでなく、八雲の幽閉という最悪の事態まで想定されるからだ。

「意識が定かでなければ、最期の声はくみ取れませんね」

「仕方あるまい。その分、来世での幸せを願おう」

八雲にそう言われ、すずの顔が頭をよぎった。

すずはまだ黄泉にいるだろうか。

八雲が見送ったと聞いているが、黄泉に行ったあとどうなったのかは死神ですら知る由もない。

とうの昔に生まれ変わり、幸せな人生を歩んでいるとうれしい……と思いつつ、自分がその隣にいられないという悔しさが浅彦にはある。

「浅彦。今は儀式のことだけを考えよ」

「申し訳ありません」

なにも口に出さなかったのに心を見透かされた浅彦は、焦って謝罪した。

「ここだ」

八雲が足を止めたのは、瓦が落ちて玄関の戸も壊れているようなみすぼらしい長屋の前だった。

「火は免れたのにひどい状態ですね」

「火事のあと、家財をなくした者による盗みが横行した。この家もそのうちのひとつだ。これから旅立つのは、消防組の一員として火消しに走り回っていて火傷を負った者だ」

「消防組……」

浅彦の胸はひどく痛んだ。

人間とは、なんと身勝手な生き物なのだろう。助けてくれたはずの人間に恩を仇で返すような行為をするとは。

自分も人間であった浅彦だったが、さすがにあきれる。

けれどそれも一瞬で、自分も自分本位な行動ですずを死に至らしめてしまったのだと我に返った。

見送りに失敗してから、浅彦の頭の中はすずでいっぱいだ。

儀式はすぐに終了した。旅立つ男は顔の半分が無残にも焼けただれており、かすかにうめき声をあげるだけで言葉を話せる状態ではなかった。

浅彦は、来世での幸せを願いながら八雲が印をつけるのを見守った。

長屋を出ると、八雲は足を止めて空を見上げている。残酷な死に立ち会い気持ちが揺さぶられている浅彦は、いつもとなんら変わらず皓々と青白い光を放っている月が恨めしく思えた。

「死神になったのを後悔しているか？」

「えっ？……いえっ。決してそんな」

しどろもどろになる浅彦は、自分の気持ちがわからないでいた。

すずと同じ人間に転生できなくなって、後悔しているのだろうか。いや、すずをあんな目に遭わせておいて、次の世でも近くにいたいなんて、とんでもないわがままだ。

「お前は後悔していないのではなく、後悔してはならないと思っているのだ。お前が悔やんでいたとしても、私はそれを責めるつもりはない。それに、こちらの世界に引き込んだのは私だ。申し訳なく思っている」

八雲から意外すぎる謝罪の言葉をかけられた浅彦は、目を丸くして恐縮する。

「私が懇願したのです」

「それは、死神への道を私が示したからだ。もうお前を人間に戻してやれない。すまない」

もしかしたらすずは遥か昔に生まれ変わっていて、その魂も再び黄泉に旅立っている可能性がある。すずが次に生を受けたのが小石川だったとしたら、浅彦も儀式に立ち会っているかもしれない。けれど、浅彦が彼女を感じたことはなかった。

八雲の話では、前世の絆が強い者は近くに生まれ変わることがあるそうだが、すずとの間にそこまで強い結びつきがあった自信が浅彦にはない。

「ですから、八雲さまのせいではございません」

「私があの儀式は間違いだったと強く思い始めたのは、千鶴と出会ってからだ。すずを失ったときのお前の苦しみも、ようやく理解できた気がしている」

「八雲さま……」

八雲は優しい死神だが、たしかに恋や愛という感情にはずっと興味がなかった。

――千鶴が八雲の心を動かすまでは。

浅彦は再び足を進めだした八雲の隣をついていく。

「千鶴が、お前が今の私たちを見ているのはつらいのではないかと心配している。千鶴はいつか旅立つが、再び巡り合えるのを待つつもりだ。千鶴もそう望んでくれている。しかしお前は……」

難しい顔をする八雲は、小さな溜息をつく。

自分には、すずとそうした夢を抱くこともできないのだと浅彦は落胆した。

「人間の魂は、本来黄泉に行くものだ。その原則を破るからには、それ相応の理由が必要となる。浅彦をこちら側に引き入れたときは、〝それ相応の理由〟があると考えてしまった」

「私は八雲さまに救われたのです。あのまま生きていることなんて、できませんでしたから」

八雲の言葉に驚いた浅彦は、激しく首を横に振る。

「いや。どれだけ苦しくても台帳に従わせるべきだった。浅彦。お前はすずに合わせる顔がない、すずの隣に立つ資格がないと何度も繰り返すが、それはお前の一方的な考えではないのか？　すずは違う思いを抱いていたかもしれぬぞ」

「私がむごい死に方をさせてしまったのです。すずは私を恨んでいるに違いありません。たとえあの日が、すずの旅立ちの日だと決まっていたとしても、あんな……」

男たちに犯されたであろうすずの気持ちを慮ると、悔しくて苦しくて、顔がゆがむ。

「すずはお前を恨んでなどいないぞ、きっと」

八雲の言葉に励ましの意味がこもっているのはわかっている。だから「はい」と小さく返事をする。

「……もうお前は輪廻の輪に戻れない。死神として生きていくしかない」

あの儀式のとき、自分に覚悟を求めた八雲の声を、浅彦は今でも思い出せる。

浅彦は二度と人間には戻れないと承知して死神の道を選んだ。それが、自分の軽率な行動のせいで、みずから冷たい水に身を投げて命を絶つという苦渋の決断をしなければならなかったすずへの懺悔でもあったのだ。

「わかっております」

「ならば」

語気を強めた八雲は、再び足を止めて浅彦をじっと見つめる。

「ならば、もう前を向け。過去を嘆いても同じ時間は戻ってこないのだぞ」

「はい」

八雲の言葉が心に沁みる。けれども、それほど簡単に割り切れないのもまた事実だった。

その日を境に、ほぼ元通りの生活が戻ってきた。千鶴はすっかり顔色もよくなり、家事も率先してこなす。

「千鶴。お前は休みなさい」

元気を取り戻した途端、しばらく滞っていたからと庭の掃き掃除に精を出す千鶴を八雲が止めている。

「大丈夫ですよ」

「いや、駄目だ。私がやる」

普段は冷静沈着な八雲が焦った様子で庭に駆け下り、千鶴からほうきを奪い取るのがおかしい。八雲は千鶴に出会ってから、いろんな表情を見せるようになった。

「八雲さまが!? 私がやりますって！」

ほうきの取り合いをするとは、なんと微笑ましい夫婦だろう。

浅彦は近づいて声をかけた。

「私がやりますから。お茶でも飲んできてください」

幸い一之助は昼寝中だ。夫婦水入らずの時間が持てるに違いない。

浅彦が促すと、「千鶴、そうしよう」と八雲がわずかに目尻を下げる。おそらく本人は気づいていないだろうが、千鶴の前では本当に柔らかい表情をする。

自分もすずを盗み見ているとき、そうだったのだろうか。だから定男にあっさり恋心を見破られたのかもしれない。いや、もっとあからさまだったか。

あの頃の記憶が薄れていくのが怖い。すずと交わした言葉ひとつですら忘れたくないのに。

「浅彦さん、ごめんなさい。浅彦さんにもお茶を」

「私は遠慮します。夫婦水入らずの時間をお過ごしください」

浅彦が伝えると、千鶴は耳を真っ赤に染めている。

八雲はこんな千鶴がかわいくてたまらないのだろうな、と考えながらふたりに背を向け、ほうきを動かしだした。

どうしてもすずを思い出してしまうからだ。

もし駆け落ちがうまくいっていれば、自分もすずとこんな微笑ましい戯れができたのだろうか。

八雲が『千鶴が、お前が今の私たちを見ているのはつらいのではないかと心配している』と言っていたが、あながち間違いではない。もちろんふたりが仲睦まじいのは大歓迎だし、ずっとそうあってほしい。けれど、自分とすずを重ねてしまうのは避けられない。

ふたりの足音が遠ざかっていくのを確認した浅彦は、ふと手を止める。

儀式に失敗したあの日から、弱い心ばかりが顔を出して、四六時中溜息の嵐だ。

死神として生きていくと決めてから、八雲の背中を必死に追いかけてきた。八雲ひとりではさばききれないほどの旅立ちがあったからこそ回ってきた独り立ちであったが、浅彦の心は正直躍っていた。いよいよ死神として役に立つときが来たのだと。

それなのにあっさりと悪霊を生みだし、その犠牲となった男児の悲しき末路まで知り、自信がまったくなくなってしまった。

だからだろうか。自分の悪い部分ばかりが頭に浮かび、死神としてこの先どうすればいいのかわからなくなっている。

永遠に死ねないという足枷が、今さらながらに重い。

しばらくして、八雲と一緒に屋敷に入ったはずの千鶴が再び顔を見せたので、首を傾げた。

「浅彦さん、お茶が入りましたよ」

「ですから、私は遠慮します」

千鶴にべったりの一之助がいると、なかなかふたりきりにはなれないだろうと思って気を使ったのに、呼びに来られるとは。

「駄目です。浅彦さんは家族なんですから、一緒じゃないと」

「家族……」

思いがけない千鶴の言葉と、あんなに恐ろしい目に遭ったのに変わらぬ優しい笑み。

千鶴はやはり、浅彦が知っている人間の女とはどこか違う。

「今日は寒いですから、お掃除は明日にしましょう。八雲さまもそれでいいとおっしゃってるんです。私、お腹が空いてしまって。干し芋をいただきたいんですけど、一緒にどうですか？」

自分の空腹のせいにして誘う、千鶴の配慮を無駄にしたくない浅彦は、「それではいただきます」と素直に従った。

広間に向かうと、八雲があぐらをかいて待ち構えている。

「失礼します」

「あぁ。私は、干し芋はあまり好かん。千鶴に付き合ってやってくれ」

これが夫婦の阿吽（あうん）の呼吸というものだろうか。ふたりとも自分がここに居やすいようにしてくれるのが、浅彦にはありがたい。

「一之助がいたら全部食べそうですね」

浅彦は座卓を挟んで八雲の向かいに座りながら言った。千鶴はお茶を淹れて出してくれる。

「一之助の腹はどうなっているのだ。最近ますます食べる量が増えている」

「子供ですからどんどん成長するのですよ。きっと大きく育ちます。八雲さまも浅彦さんも、そのうち背丈を抜かれるかもしれませんよ」

千鶴はくすっと笑みをこぼしながら、八雲の隣に座る。

一之助が自分より大きくなるなんて想像もつかないが、成長なんてきっとあっという間だ。

「一之助が大きくなったら、どうされるおつもりですか？」

浅彦はふと湧いた疑問を八雲にぶつける。

「一之助の好きにすればいい。ここにいたければそれでもかまわないし、出ていきたければ引き止めるつもりもない。人の世に戻って広い世界を知るのも悪くないだろう」

「そう、ですか……」

ようやく元気を取り戻した一之助が、再び余計なしがらみや心ない言葉によって傷つくのを見たくない浅彦は、八雲の言葉に手放しでは賛成できない。

「不服そうだな」

八雲に指摘された浅彦は、視線を落として黙り込む。

「一之助くんが心配なんですよね。私もですよ。きっと母親の心境というのはこういう感じなんでしょうね」

千鶴が口を挟むと、八雲は同意するようにうなずいてから口を開く。

「ここにいれば、さほど苦労せずとも生きていける。一之助は今まで随分つらい思いをした。だから、もう幸せだけ与えてやりたい」

「それでしたら、ここに置いておけばいいではありませんか」

「それが一之助の幸せならそれでいい。ただ、あちらに戻ればほかの人間とかかわれる。多少の苦労はあっても、自分より大切だと思える伴侶と巡り合えるかもしれない」

浅彦は目を瞠った。やはりこのふたりには敵わない。

すずは、たとえ自分の命を引き換えにしても惜しくない女だった。死ぬことはない八雲だが、千鶴がそういう存在なのに違いない。一之助にもそうした出会いがあるかもしれないなんて、考えたこともなかった。

「偉そうに話しているが、私も少し前までは浅彦と同じ気持ちだった」

お茶をひと口喉に送った八雲が漏らすと、隣の千鶴がはにかんでいる。

千鶴に出会い、自分より大切なものの存在に気づいたから、そう思うようになったのか。

ふたりは、どうしていつも冷静に判断を下せるのだろう。自分はどうしたらそんな死神になれるのだろうか。

自信を喪失している浅彦には、八雲たちの姿がまぶしすぎて余計に落ち込む。

「おふたりはどうして……」

浅彦は、『どうしていつも平然としていられるのですか？』と尋ねようとしてやめた。それができない自分の情けなさを、わざわざ披露する必要はないと思ったからだ。

「先日、儀式に間に合わなかったときからお前は少し変だ。自信をなくしたか？」

「申し訳ありません」

図星を指されてほかに返しようがなく、正直に認めた。

「悪いと言っているわけではない。当然だ」

「……はい」

いつも完璧な八雲にそんなふうに慰められても、気休めにしかならない。

「私たちにも迷いはあるのだよ」

けれど、それすら見透かしたような八雲の発言に、「えっ？」と声が漏れる。

「千鶴が松葉に連れ去られたと知って、怒りに震えた。小石川なんてどうでもいい。千鶴が助かればそれでいい。私の頭の中はそれしかなかった」

いくら本人が懇願したからといって、千鶴を松葉のもとに置いて戻ってきた八雲を信じられないと浅彦は思ったが、八雲にも激しい葛藤があったと知って安堵した。

「しかし、千鶴に小石川に戻れと言われたとき、千鶴がどれほどの覚悟で私に嫁いだのかを知った。千鶴は死神の妻としてすべきことをしている。それなら夫である私は、それに応えなければならないと強く感じた」

八雲が感情を吐露すると、千鶴は照れくさそうにお茶を口に運ぶ。

「ただ、それは建て前だ。小石川に戻っても、怒りと焦りでいっぱいだった。私は浅彦より冷静なふりをするのがうまいだけだ」

今まで八雲が胸の内をこれほどあからさまにしたことはない。どんなときでも最善の道を選び、顔色ひとつ変えず淡々とみずからの使命を果たせる存在だと信じて疑わなかった。そんな八雲も、自分のような葛藤で頭を悩ませると知り、浅彦は驚く。

「冷静なふりとおっしゃいますが、そうであったとしても八雲さまが選択される道は常に間違ってはおりません。たとえ私と同じように葛藤があったとしても、結果が異なるのです」

「というと？」

問い返され、浅彦は千鶴に視線を送ってから続ける。

「八雲さまはご自身の気持ちがどうあろうとも、小石川の人間、一之助……そして千鶴さまにとって最善の道を選ばれます。でも、私は違う。自分の気持ちだけで突っ走り、周りの者を労わる余裕も優しさも持ち合わせてはいないのです。その結果……」

川辺で冷たくなったすずの骸を腕に抱いたときの胸の痛みがぶり返してきて、強く唇を噛みしめる。

「すず、か？」

『もう前を向け。過去を嘆いても同じ時間は戻ってこないのだぞ』と叱咤されたばかりなのに、どうしても心が前を向かない。

八雲はきっとあきれているだろうと思い、返事ができなかった。

「すずはたしかに無残な最期であった。お前が追いかけたのを後悔する気持ちもわかる。ただ、すずが今のお前を見て喜ぶと思うか？」

「すずが？」

「そうだ。先日も話したが、すずはお前を恨んでなどいないぞ」

八雲が言うと、千鶴も穏やかな顔でうなずいている。

「そんなわけがありません。私がすずを引き止めなければ――」

「浅彦」

途中で言葉を遮った八雲は、浅彦に強い視線を送ってくる。

「死神は、魂を黄泉に導くだけが仕事。その人間、はたまた周囲の者の死期や運命が変わるような手助けはしてはならないのが掟（おきて）」

「はい」

死神は、死にゆく者の想いをくみ、旅立ちを見守ることはできても、その旅立ちを阻止するような行為は許されない。小石川で火事が蔓延したときも、あらかじめ死者が出るのを承知していた八雲や浅彦になら、避難を促したり火が回りきる前に助け出したりするのも不可能ではなかった。しかしそれを一度たりともしなかったのは、死者台帳が絶対であるとともに、周囲の人間の生き方が変わってしまうような行為は固く禁じられているからだ。

「だから、死者の最期の言葉も生きている者には伝えない。残された者の運命が変わる恐れがあるからだ」

「承知しております」

それも死神になってから、こんこんと説かれた。

死にゆく者の話に耳を傾けるのは、この世での未練を少しでも減らすため。そして、次に生を受けるまでの時間を短くするためだ。

しかし、耳にした未練や無念を残された家族に打ち明けたことは一度もない。本来聞けないはずの言葉を知った家族のその後の人生を、一変させる可能性があるからだ。

一之助の母が亡くなったときも、元夫に「亡くなったと聞きましたが」とさりげなく耳打ちしただけ。一之助の母がどんな気持ちを抱いて死んでいったのかについては、一切触れていないのだ。

「すずも、最期に残した言葉がある」

八雲の衝撃の告白に、浅彦は自然と前のめりになる。

聞きたくてたまらないのに、聞くのが怖い。いや、八雲は教えてくれないかもしれない。

混乱する浅彦の視線は定まらなくなった。

「ずっと私の心の中にしまっておくべきだと思っていた。ただ、人間ではなくなったお前を、死という区切りがない世界で延々と苦しませておくのかという迷いもずっとあった」

「八雲さま……」

八雲にそのような苦悩を与えているとは知らなかった浅彦は、自分だけが苦しいと思っていたのを恥ずかしく思った。

「浅彦はもう二度と人間には戻れないのだから、この先、変わるとしてもお前の気持ちだけだ。他者の人生には影響を与えないだろう。だから、お前が聞きたければ教えよう」

すぐにでもすずの言葉が聞きたい。けれど、もし自分への恨みつらみばかりだったら？　と思えば腰が引ける。それこそ、今後ずっとそれを引きずって苦しみながら生きていく羽目になる。

いや、そもそもすずに苦渋を与えたのは自分だ。そのくらいの罰は受けなければ。

「どうした、浅彦」

「あ……」

ずっと黙っていたからか、八雲に質問されて困惑する。

「聞くのが怖いか？」

八雲はいつも自分の気持ちを見透かす。違うと言っても、それが強がりだとすぐに知られる。

「……はい。怖いです」

「そうだな。だが、もしすずの言葉がお前に向けた怒りであれば、私がわざわざ話すと思うか？」

視線を落としていた浅彦は、顔を上げて八雲を見た。

「それじゃあ……」

「すずの言葉を伝える代わりに、条件がある」

「なんでしょう」

「いつまでもくよくよしていないで、死神としての使命をまっとうせよ。お前は未熟だ。しかし、私が手放したくないと思うほど実直な男。此度(こたび)は突然独り立ちを申し伝えたせいで、随分苦しい思いをさせた。だがお前がいなければ、小石川は悪霊であふれかえり廃墟になるところだった。よく踏ん張った」

「あっ、あの……」

まさか、儀式を失敗した自分にねぎらいの言葉がかけられるとは思っていなかった浅彦は、言葉が続かない。

「まだこの先の道のりは厳しいぞ」

「はい。精進いたします。かならずや、八雲さまの期待に応えます」

魂の最期に立ち会えば心が乱れ、八雲のうしろで憤ったり悲しんだりしているだけ。

ひとりで儀式を任されたと思えば、一瞬の躊躇で悪霊を生みだしてしまうありさまだ。

しかし、八雲が自分の成長を信じてくれていると感じた浅彦は、いつか八雲と肩を並べられるような立派な死神になろうと決意した。

「あぁ。それではすずの遺言だ」

八雲はちらりと千鶴を見たあと、再び浅彦に視線を戻す。浅彦は心を落ち着かせるために、すーっと大きく息を吸い込んだ。

「結ばれるはずがない私を好いてくださってうれしかった。家まで捨てると言ってくださって本当にありがたかった。ほんのひとときでしたが、浅彦さまに愛されていると感じられた時間はとても幸せでした。どうか浅彦さまは新しい幸せをお見つけください」

まるですずが乗り移ったかのような優しい口調で八雲が話す。

「あれから何度も心の中で繰り返した。一言一句、間違っていないはずだ」

「八雲さま……。ありがとうございます」

八雲が大切に胸の中にとどめておいてくれたすずの最期の言葉に、浅彦はこみ上げてくる涙を抑えられなくなった。

どれだけ拭っても、あとからあとからあふれてくる。

すずとはたしかに心が通い合ったのだ。

互いに愛を確認し合えた時間はほんのわずか。そのせいですずはあんなに残酷な目に遭い、冷たい水に身を投げた。でも、自分たちの間には、間違いなく愛があったのだ。

自分の気持ちを受け入れたことをすずが後悔していなかったと知った浅彦は安堵し、そして喜びを覚えた。

「すずは決してお前を恨んでなどいない。だからこそ、自分を傷つけ続けるお前を見ていられず、死神にしてしまった。間違った選択だったかもしれないが、あのときはそれが最善だと思ったのだ」

「はい。感謝しております」

八雲に死神という道を示してもらえなければ、ずっと体を痛め続けただろう。そんな姿をすずが見たら悲しむに違いない。

八雲はあのとき選択を誤ったと繰り返すが、死神への儀式が間違いなく自分を救ってくれた。

「浅彦さん」

浅彦と同じように涙をこぼす千鶴が隣にやってきて、背中に手を置く。

「きっとすずさんは、浅彦さんの強い想いを感じて幸せだったはず。不幸な事件はありましたが、黄泉に旅立つ瞬間は、浅彦さんのことだけを思い浮かべていたのではないでしょうか」

声を震わせながら話す千鶴は、何度も洟をすすっている。

「すずさんは、浅彦さんの幸せを祈っていらっしゃいますよ。それに、もう会えないと決まったわけではないですよね」

「えっ？」

不思議なことを言い出す千鶴を見つめると、泣きながら笑っている。

「お忘れですか？　私は人間ですよ」

「……そう、でした」

死神となった今、転生したすずに会えるはずもないと思い込んでいたが、八雲と千鶴もあり得ない出会い方だった。たとえわずかでも、再び巡り合える可能性が残っているとわかったからには、この先は強く生きていける。

「浅彦。千鶴の言うとおりだ。かく言う私も、死神となったお前と、転生した人間のすずとの再会は無理だと思っていた。ただ……」

八雲は優しい顔で千鶴を見つめて続ける。

「奇跡を信じるのも悪くない」

「はい」

浅彦の目の前で起こっている奇跡が、すずとの再会が不可能ではないと証明している。

「生前の絆が強いほど、近くに転生するのは知っているな」

「承知しております」

「案外、近くにいるかもしれないぞ」

やはりこのふたりには敵わない。ほんのわずかな時間で、前を向いて歩いていけるように導いてくれた。

「そうですね。もうくよくよしません。すずに再び惚れてもらえるような死神になります」

浅彦が決意を口にすると、八雲はかすかに口の端を上げ、千鶴は白い歯を見せた。

「千鶴」

涙が止まらない浅彦に気を使っただろう八雲が、千鶴を促す。千鶴はこくんとうなずき、ふたりで部屋を出た。

さりげなく千鶴の腰に手を置く八雲はなにも語らないが、おそらく苦しみ続けてきた浅彦に幸せになってほしいという想いは同じはず。

長い廊下を歩いて梅がよく見える場所まで行くと、八雲に手を引かれて、並んで座った。

競うように咲いている梅の花から、甘い香りが漂ってくる。

「寒いか？」

「少し」

先日ふたりで語り合った夜よりずっと心地いい風が吹いているが、千鶴がそう答えたのは、八雲にもっとくっつきたかったからだ。

「そうか。ならばここだ」

八雲はあぐらをかいた自分の足の上に千鶴をのせて、うしろから抱き寄せる。

密着したいと思ったのは本当だが、まさかこんなふうにされるとは思っていなかった千鶴は、照れくささのあまり頬が上気するのを感じた。

「浅彦さん、元気を取り戻してくれるでしょうか」

「大丈夫だ。あいつはそれほど弱くない」

「そうですね」

旗本の嫡男としてなに不自由なく生きていけるはずだったのに、すずへの想いを貫き、すべてを捨てようとした浅彦は、八雲が言うとおりきっと強い心の持ち主だ。ただ失ったものがあまりに大きくて、自分を見失っただけ。

「私たちの家族は、皆強いですね。浅彦さんも一之助くんも、もちろん八雲さまも」

それぞれ胸に抱えているものは違えど、傷つき苦しみながらも、必死に今を生きている。

「一番強いのは千鶴だぞ」

「私ですか？　強い……。うーん、それは褒め言葉ですか？」

女性である自分への〝強い〟という表現は、もしやお転婆（てんば）だとあきれられているのではないかと心配になる。

「当然だ」

八雲はおかしそうに白い歯をこぼした。

「よかったです」

「強くなければ、今ここでこうして笑っていないだろう。千鶴、お前をこちらに引き込んだせいで怖い思いをさせて申し訳ない」

八雲の謝罪に首を振った千鶴は、八雲のほうに向きなおり、着物の襟をギュッとつかむ。

「私は幸せなのです」

「千鶴……」

「八雲さまの妻でいられることだけが重要で、ほかはどうでもいいんです。だって、必ず八雲さまが助けてくださいますから」

千鶴が口角を上げると、八雲は強く抱きしめてくれた。

「駄目だ。お前を死神にしたくなってしまうではないか」

「しないくせに」

いつか別れが来ると考えれば、気持ちが沈みそうになる。けれど、それより今という時間を大切にしたい。

千鶴は八雲の胸に顔をうずめて、幸せを貪る。

「そうだな。だが、ずっと大切にする。生まれ変わったそのあとも、ずっと」

「うれしい」

死が避けられないものでも、その後の幸せまで約束されては、穏やかに旅立てるに違いない。

「八雲さま、ひとつお聞きしてもいいですか？」

「なんだ」

「私たちの間には、子はできないのでしょうか。一之助くんに兄弟ができたら素敵だなと思って」

一之助はもう自分たちの子も同然。ほかに友人もなく、浅彦や千鶴にちょこちょこついて回る彼は、いつか人の世に戻っていくかもしれないが、きっと優しい兄になる。

「子か……。正直、よくわからない。なにせ人間の妻を娶った死神など他に知らぬからね」

「それもそうですね」

きっと自分たちはとんでもなく特殊な例で、しかもこれほどうまくいっているのは奇跡的なことなのだと千鶴は実感した。

「だが、可能性がないわけではない。千鶴との間に子ができたら、うれしくて取り乱すかもしれないな」

それを聞いた千鶴の頬は自然と緩む。

八雲が子育てに奔走している姿なんてまったく想像つかないが、絶対に大切にしてくれる。

「できるといいですね。あっ、でもどっちが生まれるんだろう。死神？　人間？」

「それもわからぬが、どっちでもいい。必ず幸せにする」

死神と恋に落ち、その妻となり、信じられないような人生を送っている千鶴だが、どんな不安もすべて八雲が打ち消してくれるので、信じた道を歩いていける。

千鶴は改めて八雲に嫁げたことを感謝した。

「それでは、私も八雲さまを幸せにしなければ」

「もう十分幸せだ。私に出会ってくれてありがとう、千鶴」

死神らしからぬ優しい笑みを浮かべる八雲は、千鶴を抱きしめ熱い口づけを落とした。

―本書のプロフィール―

本書は書き下ろしです。

小学館文庫

死神の初恋

永久の命、それぞれの愛

著者　朝比奈希夜

二〇二一年十月十一日　初版第一刷発行
二〇二二年十二月二十七日　第二刷発行

発行人　石川和男
発行所　株式会社 小学館
〒一〇一-八〇〇一
東京都千代田区一ツ橋二-三-一
電話　編集〇三-三二三〇-五六一六
販売〇三-五二八一-三五五五
印刷所──────凸版印刷株式会社

ISBN978-4-09-407071-2